R.O.D
READ OR DIE
思わずドニーの日記を抱きしめる。
それがお守りでもあるかのように。
ねねねは息を殺して、二人が外へ出るのを待っていた。
イラスト/羽音たらく

スーパーダッシュ

R.O.D
READ OR DIE
YOMIKO READMAN "THE PAPER"

第八巻

倉田英之
スタジオオルフェ

集英社スーパーダッシュ文庫

R.O.D　第八巻

CONTENTS

スーパーダッシュ

R.O.D人物紹介

読子・リードマン

大英図書館特殊工作部のエージェント。紙を自在に操る“ザ・ペーパー”。無類の本好きで、普段は非常勤講師の顔を持つ。日英ハーフの25歳。

菫川ねねね

現役女子高生にして売れっ子作家。狂信的なファンに誘拐されたところを読子に救われる。好奇心からか、現在は逆に読子につきまとっている。

ジョーカー

特殊工作部をとりしきる読子の上司。計画の立案、遂行の段取りを組む中間管理職。人当たりはいいが、心底いい人というわけでもないらしい。

ファウスト

大英図書館に幽閉されている謎の人物。外見は少年だが、既に数百年生き続けている叡知の探究者。

ウェンディ・イアハート

大英図書館特殊工作部のスタッフ見習い。持ち前の元気と素直さで、仕事と性格の悪い上司に立ち向かう。

チャイナ(おばあちゃん)

読仙社の首領、謎多き少女。その過去には、ジェントルメンとなんらかの関係があったらしい。

ナンシー・幕張

ジョーカーの指令を受け、読仙社の潜入調査を行っているエージェント。コードネームは"ミス・ディープ"。

イラストレーション／羽音たらく

R.O.D
READ OR DIE
YOMIKO READMAN"THE PAPER"

——第八巻——

プロローグ

あなた。
あなた。ああ、そこのあなた。
お願いだから立ち止まって。
お願いだから私を見つけて。
そう、そうよ。こっちを見て。私だけを見て。他の本《ひと》なんか見つめないで。
私はあなたに出会うために生まれてきたの。
早く私を手にとって。私を隅々《すみずみ》まで見つめてちょうだい。
私はあなたを満足させてあげられる。
私はあなたを悦《よろこ》ばせ、涙させ、興奮させてあげられる。
他の誰よりも、夢中にさせてあげられる。
ああ、背中《うらがわ》なんか見てないで。値踏みなんてしなくていいのよ。
私を信じて。この出会いを信じて。

この広い世界《ほんや》で二人が出会うことは、カミサマが決めたことなのよ。
決して後悔《こうかい》させないわ。
二人で今夜を、最高の夜にしましょう。
……もう、そんなに焦《じ》らさないで。
優しい指で、私を開いて。
私をお家に連れ帰って。
見て。
読んで。
そして。
すべてが終わったその後は。
あなたの本棚《ほんだな》に、私をしまって。
私をそこで、眠らせて。
二度と開かれなくてもいいの。二度とめくられなくてもいいの。
一度だけでも、あなたに読まれたら。
私は、あなたの中で永遠になれるのだから。
私はそのために生まれてきたの。
あなたに読まれる、ためだけに。

やっぱりやめよう。

菫川《すみれがわ》ねねは、部屋の真ん中に立っている。

イギリス、ベイカー街のアパートメント。扉に『D. N.』と書かれたプレートがかけられた部屋だ。

見渡す限り、部屋の中は本、本、本。それは壁を覆《おお》う本棚《ほんだな》に押し込まれ、床に積み上げられ、家具の上に置かれ、あらゆる隙間《すきま》を埋めつくしている。

だが、それだけの量がありながら、不思議と圧迫《あっぱく》感はない。静かで落ち着いた、まさに時が止まったような静謐《せいひつ》さがある。この部屋の持ち主たちの性分が、歳月と共に溶《と》け込んだせいだろうか。

この部屋の持ち主は、読子《よみこ》・リードマン。

その前の持ち主は、彼女の恋人のドニー・ナカジマである。

二人は世界でも十指《じっし》に数えられるであろう、本好きのカップルだ。

ドニーが既に故人であるため、正確には〝元カップル〟と呼ばなければならないのだが、ねねはそれを好まない。

実際に、部屋に立てばわかる。

ドニーという人間は、この部屋の中で生きている。集められた蔵書は、彼の性格、嗜好《しこう》などを自然と浮かび上がらせる。

読子にとって、この部屋を訪れることは、彼に逢《あ》うことと同じなのだ。

だから、二人は今でも強く結ばれている、とねねねは思うのだ。

読子は現在、大英《だいえい》図書館特殊工作部の任務で、中国に渡っている。彼女はその間、寝泊まりするようにとこの部屋を教えてくれたのだ。特殊工作部のスタッフにも教えていなかった、この部屋を。

有り難い計らいだったが、ねねねは二人の聖域に入り込むような遠慮《えんりょ》を感じ、特殊工作部のスタッフ見習い、ウェンディ・イアハートのアパートに居候《いそうろう》することにした。

ウェンディのアパートの隣には、大阪からの留学生が住んでいる。先日から続くロンドンの怪事件（ペーパードラゴン出現、ピカデリー・サーカス消失）に、「どないなってんやぁ、この街はぁ！　まるでＵＳＪやないかぁ！」と驚いていた。

さて、ここしばらくはウェンディと行動を共にし、彼女の出勤にあわせて大英図書館に出入りしていたねねねであるが。

今日だけは「気分が悪い」と嘘《うそ》をつき、「帰りになにか買ってきますから。ゆっくり、休んでてくださいね」と心配するウェンディを送り出した。

良心が痛んだが、一人でここへ来なければならなかったのだ。

ここに来るまで少し迷ったが、人に道を聞いてどうにかたどり着いた。やはり英会話は実践《じっせん》が一番の学習法である。聞かれた相手も少なからず当惑していたが。

デイパックから、一冊の本を取り出す。

日記帳である。

表紙に、『ドニー・ナカジマ』と名前が記《しる》されている。

これは、ウェンディとここを訪れた時に見つけ、つい持ち出してしまったものだ。

好奇心にかられての行動であるが、端的に言えば盗みだ。

日記帳は革《かわ》のベルトで閉じられているが、古ぼけたそれはナイフでたやすく開いてしまうだろう。物理的なセキュリティは無いも同然である。

しかし、心理的なセキュリティがその何倍もの強固さで、ねねねを拒《こば》んでいた。

ドニーは読子の恋人だった。

しかしどうやら、彼は読子の手によって殺されたらしい。

そこにどんな事情があったのかは知らない。だが、恋人の生き死にがからんでいる事情など、尋常《じんじょう》なものであるはずがない。

訊《たず》ねれば。

それは読子のことだ。話してくれるかもしれない。

しかしそれは、悲しい記憶のカサブタを剝《は》がすことになるだろう。そこからまた、血が流れることもあるだろう。

読子自身が話してくれるまで、待つことが一番いい。

そう決めていたはずだった。

ところが、この日記を見つけたとたん、その決意は大きく揺らいだ。

読子とドニーの過去を知る、ヒントがここにある。そう思うだけで、幾度となく手がベルトを切るためのナイフを探してしまう。人の心の、なんと弱いものか。

だがようやく、決意が固まった。

やっぱりやめよう。この日記は、ドニーの部屋に戻そう。

それが一番いい。ドニーにとっても、読子にとっても、そして自分にとっても。

ここで盗み見などすれば、任務から戻ってきた読子にうしろめたいものを感じてしまうに違いない。

いつかきっと、彼女から話してくれる日がくる。それを待とう。

晴れやかさと、幾分の未練を伴《ともな》って、ねねねは再び、ドニーの部屋を訪れたのだ。

「それにしても、えーと……どのへんにあったっけ?」

雑然とした部屋の中である。どこに置いても同じようなものだが、こういう特別な本は、やはり元あった場所に戻したい。

見つけたのは、本の山が崩《くず》れた時だった。表紙に埃《ほこり》が積もっていたことから考えると、おそらく山の一番上だったはずだ。

そんな目立つ場所にあって、読子がこの日記の存在に気づかなかったとは考えにくいが。あるいは気づいても、まだ手に取る勇気がなかったのかもしれない。

「……とにかく、置いてこ。ごめんね、ドニーさん……」

無断拝借《はいしやく》の謝りを口にして、ねねねは最も記憶に近い本の山に、日記を置こうとした。

その時。

バタン！　激しくドアを蹴飛《けと》ばす音が聞こえてきた。

「！」

心臓が飛び出るかと思った。が、どうやらその音は隣の部屋から聞こえてきたようだった。壁の薄い安普請《やすぶしん》のせいで、物音が筒抜《つつぬ》けなのだ。

音に続いて、怒鳴《どな》るような男の声が聞こえてきた。無論、英語だ。早口で聞き取れないが、誰かが部屋に入ってきて、随分《ずいぶん》と怒っているようだ。

「ちょっと、なによ……………………」

痴話喧嘩《ちわげんか》か、住人のトラブルだろうか？　そんなことを考えていると、壁越しに衝突音が伝わってきた。住人か侵入者のどちらかが、椅子《いす》かなにかを壁に投げつけたのだ。

「……………………」

鼓動《こどう》が早くなってくる。穏やかな話ではない。警察に通報するべきか？　そんな考えが目まぐるしく頭を通っていく。

ガラスの割れる、甲高《かんだか》い音が響いた。誰かがベランダへと飛び出したのだ。

「！」

ねねねの困惑が緊張に変わったのは、そこからである。その〝誰か〟は、悪態をつきながらドニーの部屋のベランダへ飛び移ってきた。

思わずドニーの日記を抱きしめる。それがお守りでもあるかのように。

誰かはベランダから、室内に通じる窓を強引に開けようとする。ドニーの部屋を通って逃げる気だ。

ねねねは反射的に、棚《たな》の間に身をひそめ、本の山の後ろへと隠れる。不作法《ぶさほう》な隣人への怒りもあるが、得体《えたい》の知れない〝嫌な予感〟が、自分自身に警報を出していた。

〝誰か〟は肘《ひじ》で窓ガラスを割り、カギを開いて室内へと入ってきた。

「くそっ！　ふざけやがって！」

焦《あせ》りと怒りの入り交じった声で、悪態を言い続けている。

「ちくしょう、ジャマだ！」

本の山を崩《くず》す音が聞こえた。逃げるには、部屋狭しと置かれた本は確かに邪魔《じゃま》だろう。

「ミスター・グリーン！　お待ちください！」

ベランダから、別の男の声が聞こえた。隣室から追ってきたに違いない。

しかしグリーンと呼ばれた男は、待つ気など毛頭《もうとう》ないようで、物音をたてながら入口へと急ぐ。バタバタと、ドミノのように本がぶつかり、倒れ、崩《くず》れる音が聞こえた。

「…………………」

ねねねは、本の山からそっと覗《のぞ》いてみる。追う者も、追われる者も、姿は見えない。だが室内には、ほんの一分前と明らかに異なる空気が充満していた。

「ミスター・グリーン！」

「うるさい！」

グリーンが、入口のドアへと向かう。追っ手の男も、本の山に苦戦しているらしい。グリーンが崩して行った後ならなおさらだ。

ねねねは息を殺して、二人が外へ出るのを待っていた。戻ったら、ウェンディに報《しら》せないと。日記の一件はバレるが、そんなことは気にしていられない。この部屋で起きているのは、明らかに事件だ。

ドアが開く音がした。

グリーンが、脱出に成功したのかと思った。しかし次の瞬間、彼が息を飲む、あまりに大きな音が聞こえてきた。

「！」

それは、ぽすっ、というささやかな音で止まった。ペットボトルから炭酸《たんさん》が吹き出したような音だった。しかしそれは、グリーンの息を本当に止めてしまった。

ばたっ、とグリーンが本の上に倒れる音が聞こえてきた。

ドアの外に、もう一人いたのだ。追っ手の仲間が、先回りをしていたのである。彼が持つサイレンサー付きの銃が、グリーンの胸板へ弾丸《だんがん》を撃ち込んだのだ。

ねねねは思わず声をあげそうになった。倒れたせいで、グリーンの顔が視界に入ってきたからだ。しかも、その顔には見覚えがあった。

先日、大英図書館でウェンディと昼食を取っていた時。強引に取材を申し込んできた新聞記者だった……。

誘拐《ゆうかい》、テロ、狙撃と物騒な事態に何度も関わっているねねねだが、無論それに慣れることはない。同じ部屋の中で人が殺されたのは、大きな衝撃だ。

しかし、今声をあげるわけにはいかない。自分は唯一の目撃者なのだ。間違いなく、口を封じられる。

「………………………………」

追っ手と、待ち伏せの男がグリーンの上で会話する。

「死んだか?」

「……ああ。バカなヤツだ。逃げなければ、まだ交渉《こうしょう》の余地もあったものを」

「……とにかく、報告しておくぞ」

追っ手の男が、携帯電話を取り出す。

「なんだこの部屋、本だらけだな……」

今さらながらに、待ち伏せの男が呆《あき》れたようにつぶやく。

「珍しくもないだろ、本なんか……あ、〝交渉部《こうしょうぶ》〟です」

追っ手の男は、相手になにやら説明した。聞き慣れない単語が入るので、ねねねには半分も理解できない。

「ええ。……処理しました。ただ、部屋が……倉庫のようですが。後処理を……」

口の中に唾《つば》が溜《た》まる。しかし嚥下《えんか》する音を聞かれるのでは、と思うと飲み込めない。

ふと、待ち伏せの男がねねねのほうを見た。

「！」

男からすれば、部屋の一角を見つめたにすぎないが、ねねねは心臓が止まる思いだった。

もう一人の男も、携帯での報告を終える。

「……はい。よろしくお願いします。ミスター・ジョーカー」

その名ははっきりと聞き取れた。何度か聞いた名前だったからだ。大英図書館特殊工作部所属、ウェンディと読子の上司……。

グリーンを殺させたのは、彼なのか？

「どうした？」

報告を終えた男が、相棒《あいぼう》に訊《たず》ねる。相棒は、ずっとねねねの潜《ひそ》んでいる一角を見つめていた。

「……突入する時、ドアにカギがかかっていなかった」

　ねねねが入る時に開けたのだから、当然である。

「開けっ放《ぱな》しじゃなかったのか？　住居じゃないみたいだし、ここのところは人が使った気配もないぞ」

　本に積もった埃《ほこり》をふっと吹く。しかし相棒は頷《うなず》かない。

「かもな。……が、気にかかる」

　ねねねは日記を抱きしめた。今、彼女が頼れるのはそれだけだった。

「死体を運び出さないと。ぐずぐずしてられないぞ」

「ああ、だがその前に」

　男は舌打ちして、しぶしぶながら相棒のこだわりを認めた。

「早くしろよ」

　相棒の男。サイレンサーでグリーンを殺した男は、ねねねの隠れる一角を見つめて、そっと歩き始める。

「…………………！　！　！　！」

　息を止めた。すべての気配が消えるように祈った。それでも男は近づいてくる。

　もう二メートルも離れていない。次の瞬間に、ねねねは二人に見つかってしまうだろう。その後は、三文《さんもん》小説の脇役のような、あっけない死が待っているのだ。

（…………………………………先生！）

頭に浮かんだのは、両親でも友人でもなく、読子の顔だった。幾度となく自分を助けてくれた読子。しかし彼女は今、いない。

今あるのは、日記帳だけだ。彼女の恋人、ドニー・ナカジマの。

（…………………………………）

緊張が頂点に達したためか、頭の中に声が響いた気がした。聞いたこともない、それでいて、どこか懐《なつ》かしい感じのする声が。

「……おっと！」

ゆらっ、と本の山が揺れ、崩《くず》れた。男の行く先を阻《はば》むように、どうっと両側から倒れる。たちまち進行方向の床は、結構な量の本で埋まった。

「……ちっ」

「ひっかけたか？　おい、整理してるヒマはないぞ」

「わかってる」

男は踵《きびす》を返して、グリーンの死体へと戻った。確かに、考えすぎかもしれない。この本だらけの部屋に人がいるとするなら、グリーンが侵入した時点で騒ぎになっているはずだ。そう自分を納得させて、銃をしまう。

「そっち持て、いくぞ」

二人の男は、両側からグリーンを支え、外へと連れ出していく。具合の悪い友人を助けている、そんな風に見えるように。

一分ほど間をおいて、ねねねは本の山を乗り越え、リビングの中央へ出ていった。

ガラスの破片は落ちているが、血痕《けっこん》は見あたらない。この部屋でついさっき、人が殺されたとは信じられない。

ゆっくりと息を吸い、吐く。徐々にだが、落ち着いてきた。手の中にある日記の感触も、それを手助けしてくれた。

刃物を突きつけられたり、人質にとられたりしても、屈したことはない。だが、今回は得体《えたい》のしれない恐怖があった。自分の知らない場所で、音もなく進みゆく亀裂《きれつ》を見てしまったような感覚である。

「…………ジョーカー……」

男たちは確かにそう言った。外国人にしても特殊な名前である。人違いとは思えない。

落ち着くと同時に、思考も明確になってくる。

「……出なきゃ」

とにかく、ここを出よう。あの二人が戻ってくる可能性もあるし、騒ぎを聞きつけた人が警察に連絡するかもしれない。確信は持てないが、〝後処理〟という単語も聞いたような気がする。

「…………………………」

ねねねは今一度、手中の日記を見た。

これを、ここに置いていっていいものだろうか？

もちろんそのために来たのだが、数分前とは事情が違う。証拠隠滅《いんめつ》のために、犯行現場に火を放つ犯罪者もいるのだ。

犯罪……そう、今行われたのは犯罪である。ねねねの心中を、冷たい汗が流れた。

その犯罪に、大英図書館がからんでいる。

「…………………………！」

ねねねは意を決し、立ち上がって部屋を出た。人がいないことを確認して、廊下《ろうか》を進む。

手にしっかりと、ドニーの日記を持ったまま。

第一章　『紙の砦《とりで》』

山水画《さんすいが》のような、周囲の光景。

深い谷をぼんやりと覆《おお》う霧。ソフトフォーカスの向こうに連なる山々。

それらを一望するは、石畳《いしだたみ》の上に建てられた小さな檻《おり》。外観はまるで鳥カゴだ。

そしてその中にいるのは自分。読子《よみこ》・リードマン。

檻の外に立ち、どこか楽しそうに彼女を見つめているのは、英国から中国へと亡命（？）した、ファウスト。

読子は正しく状況を把握《はあく》し、一瞬前、彼が言った言葉を反芻《はんすう》した。

「僕のお嫁《よめ》さんになるか？　僕に殺されるか？　どっちがいい？」

……やっぱり、理解できなかった。

「あのー……すみません、もう一度、おっしゃってもらえませんか？　……私、なんか、起き抜けで頭がボーッとしてるみたいで……」

彼女がボーッとしているのは、起き抜けに限定されたことではない。それはともかくとして、ファウストは少しだけ、口を尖《とが》らせて抗議した。

「君は意外に無神経だな。……プロポーズを二回もさせるなんて」

言葉ほどには、嫌そうな素振《そぶ》りはない。

しかし意図がより明確になった返答は、読子を驚愕《きょうがく》させた。

「プロポーズって…………え？　……ええっ、ええぇぇぇぇぇっ⁉」

徐々に大きくなっていった声は、谷の間で反響して山彦《やまびこ》となった。ファウストは、芝居《しばい》がかった仕草で咳払《せきばら》いをする。

「特別に、もう一度だけ繰り返してやる。僕のお嫁《よめ》さんになる気はないか？」

読子は、ズレそうになるメガネを指で押さえた。

「いえ、でも……だって私とファウストさんでは歳《とし》の差が……」

口調がしどろもどろになる。少年の外観でありながら、ファウストは既に四〇〇歳を越えている。この場合の〝歳の差〟は見かけを指すのか、実年齢か。

「そんな俗《ぞく》なことを気にするな。シェイクスピアも言っていた、愛があれば歳の差なんて」

「シェイクスピアなんですか？　そういうことを言いだしたのは……？」

「年下が趣味だったからな」

シェイクスピアが活躍したのは一六世紀末、四〇〇年も前の話だが、その時代から生きているファウストが言うと、どこまで真剣にとっていいのかわからない。

「……まあ、それはそれでおいておくとしまして……。私、ちょっと今、結婚とかは考えていないんですが……」

親戚《しんせき》に見合いをすすめられた時のような反応を見せる読子である。

「理由は?」

「理由って……」

無意識に、メガネのフレームに手がいく。頭の中にはもちろん、その持ち主だった男の姿が浮かんでいる。

「ドニー・ナカジマに誓《ちか》ったか?」

ファウストの指摘に、読子はうつむきかけていた顔を上げた。

「!? 私、ドニーのこと……」

「聞いてない。自分で調べたんだ」

手段はあえて口にせず、ファウストは靴音《くつおと》を立てて石畳《いしだたみ》の上を歩く。行っては戻り、行っては戻りする様は、思索《しさく》する哲学者のようだ。

「確かに彼の思い出は、君にとって大きなものだろう。……しかし彼も、君がいつまでもそれに囚《とら》われることなく、幸せになることこそを願っていると思うがね」

耳心地《ごこち》のよい、思いやりにあふれた正論である。しかし読子は目を伏せ、ファウストの言葉を緩《ゆる》やかにかわした。

「……私の幸せは、ドニーのメガネで、本を読むことなんです……それ以上に望むことなんてありません……」

静かではあるが、いや静かであるがゆえの強い意志が、その言葉には詰まっている。ファウストも、それ以上言葉を重ねない。二人の間には、しばしの沈黙が訪れた。

「……というかファウストさん、なんでいきなりプロポーズなんかするんですかっ！　私あなたを捕まえに来たんですよっ！」

読子がはた、と状況を思い出し、両手で柵《さく》を握って身を乗り出す。

「しかし見ての通り、実際に捕まってるのは君のほうだぞ。もう確認したと思うが、身につけていた紙はすべて取り除いた。用心のためだ」

ファウストの指摘に、読子は再びばばっ、と手で身体《からだ》の各所を押さえた。インナーウェアに隠しておいた紙片も取られている。つまり、気を失っている間に、かなり入念な〝身体検査〟をされたということだ。思わず頬《ほお》が赤くなった。

「………………えっち、です」

二五歳と思えないシンプルな抗議に、ファウストは思わず苦笑した。

「あらぬ誤解をうけるのは悲しいな。名誉《めいよ》のために言っておくが、その作業に当たったのは僕じゃない。読仙社《どくせんしゃ》の女性スタッフだよ」

少し読子の紅潮《こうちょう》が薄らいだ。検査されたことに変わりはないが、相手が女性ならまだ、その

ほうがマシというものだ。

「……もっともその間、やけに大きなはしゃぎ声は聞こえてきたがね。彼女たちも、君の身体にはそれなりの興味を覚えたようだ」

ファウストの追撃に、読子の頬は前より赤くなった。

「……ファウストさん、……むっつりえっち、です……」

読子の反応を楽しんでいたファウストだったが、この聞き慣れない逆襲で、眉毛《まゆげ》がわずかに上がった。予想外に恥ずかしいところを突かれたようだ。

「……そんなことはどうでもいいんだ。……どうしても、僕のお嫁《よめ》さんになる気はないか？一〇年ぐらいだったら、考える時間を与えてもいいぞ」

「その必要はありません」

読子は深々と頭を下げる。

「お断りさせていただきます。……すみません」

優柔不断《ゆうじゅうふだん》なところもあるが、この類《たぐい》の問いでは読子は迷わない。

「そうか……なら、もう一つの方法に出るしかないな」

ファウストは改めて、奇怪な問いを思い出させた。そう、質問は二者択一だった。

「もう一つって………」

「僕に殺されるか、だよ」

語尾の音が低くなる。途端に周囲の気温も下がったような気がした。

「どうして、私を殺すんですか？」

対する読子の表情には、緊張感が欠けている。考えてみれば彼女の質問もおかしなものである。今となっては、読子とファウストは敵どうしなのだから。

「君は、遅かれ早かれ僕の邪魔《じゃま》になる。懐柔《かいじゅう》が不可能なら排除《はいじょ》しかないしな」

ファウストは笑顔を作っているが、それには顔面に貼りつけられたような違和感がある。その下に、どんな本心が隠れているのかがわからない。読子はどこかで、こんな笑みを見たような気がした。

しばらく考えた後、結局整理されないままに言葉を紡《つむ》いでいく。

「……あのですね。私、ファウストさんに……まったく怒ってないってこともないんですけど。でも、そんなね、生きるの死ぬのっていうほどでもないんですよ。英国に戻ってくれれば、一緒にジョーカーさんに謝ってあげてもいいですし」

これでは、悪事をした子供をたしなめるお姉さんだ。とはいえ、この言葉はかなり素直な読子の心情である。

「君のその優しさは美点だな。……本当に優しさだとすればだが」

「どういうことですか？」

「君自身が、逃げてるようにもとれるからな」

読子は息を飲み込んだ。以前、ねねねにも似たような指摘をされたことがあったからだ。大《だい》英《えい》図書館を襲った連蓮《りんりー》が、職員の女性を殺した。その現場にねねねは居合わせた。「同じ紙使い、話し合いで解決できないか」と迷う読子に、ねねねは「やるべきことを、しないといけないことを……優しさでごまかそうとするのは……単に、逃げだと思う」と言われたのである。

その言葉は、今も心中にひっかかっている。読子は今も、迷い続けているのだ。

だが、自分なりの信念で、その答えに近づいているのもまた、事実だ。

「……逃げてるつもりはありません。ただ、戦うばっかりじゃなくて、もっとうまいやり方があるんじゃないかって思うだけです」

「人類が人類でいる限りは、無理だと思うよ。なんだかんだ言っても、戦いはもっとも手っ取り早く、効果的な手段だ」

「でも………」

読子の反論を、ファウストが遮《さえぎ》った。

「まあ、事情を聞いてもう少し考えた後でもいいさ。今の君は囚《とら》われの身。文字通り、カゴの中の鳥なんだから」

言葉からも、表情からも、冷気は消えていた。代わりにいつもの、人をからかう態度が戻っている。

「それに……説明役もきたようだ」

ファウストの言葉を受けるように、王炎《おうえん》が現れた。足音一つ立てていない。実際、読子は気配すら感じなかった。

今そこに突然出現したように、王炎は口を開いた。

「お目覚めですか、ザ・ペーパー」

「王炎さん……」

英国、ピカデリー・サーカス以来の再会である。厳密に言えば、故宮《こきゅう》から連れだされる時に彼と会ってはいるのだが、読子はそれを知らないままに気を失っている。

「不躾《ぶしつけ》な招待ですみません。足首に、異常はありませんか？　薬の調合には気を配りましたが、個人差もありますので」

気を失わせた際に使った、針のことを言っているのだろう。読子はその言葉で、事情を把握《はあく》した。

「……あなたが、私をここへつれてきたんですね？」

「はい」

読子は、再び柵《さく》をつかんだ。今度は王炎の方角に身を乗り出す。

「ナンシーさんはどうなりましたか!?　グーテンベルク・ペーパーは？　筆村《ふでむら》先生は!?　だいたいここ、どこなんですかっ!?」

ファウストに浴びせた質問を、同様に投げかける。王炎は軽い微笑で、それを受け止めた。

「後ほど、説明いたします。まずは〝読仙社にようこそ〟と言わせてください」

「読仙社……」

改めて周囲を見回す。薄々気づいてはいたが、やはりここは敵の本拠地《ほんきよち》なのだ。大英図書館とは異なる、仙人の隠れ里のような雰囲気《ふんいき》だ。

「大英図書館に比べると古いものですが、広さと設備は快適ですよ」

読子の感想を見透かしたように、王炎が言葉を続ける。と言われても、今この場所から見えるのは山と岩と霧《きり》と谷ぐらいなものだ。

「ご安心を。ここは施設の一部です。目覚めた時、せいぜい自然の空気を吸っていただこうと思って。ロンドンにしろ東京にしろ、空気は汚れてましたからね」

「まったくだ。あんな場所で生活していると、早死にするぞ」

ファウストが皮肉を言う。彼の言葉の裏には、秘密裏《り》に神保町《じんぼうちょう》の読子ビルを訪ねた意味があるのだが、当然ながら読子は気づかない。

「……一部ですか、これで……」

霧がかかっているとはいえ、目に入る範囲だけでも相当なものだ。読子は改めて、自分が敵地の中心にいることを実感した。

そんな思いとは裏腹に、お腹《なか》が大きな音を立てる。

「うわっ」

空腹のサインである。あまりに明確な音に、読子自身が一番驚いた。ファウストは肩をすくめ、王炎は苦笑する。

「食事の用意ができています。詳しい話はそちらでいたしましょう。立ち話ですませるには、少し入り組んだものですからね」

王炎が、ふわりと紙片を投げた。それは柵《さく》に沿ってひらひらと舞い、反対側にある檻《おり》の鍵《かぎ》を切り落とした。

彼の紙ワザは、静かで柔らかい。しかしその精度と切れ味は読子よりも数段上に見える。この辺りにも、東洋と西洋の紙使いの差が見てとれる。

読子がもたもたと出口に廻《まわ》っている間に、王炎とファウストが小声で会話する。

「早かったですね」

「そうかな」

ファウストのほうがいち早く、この場所に来たことに対するコメントだろう。そこに込められたものは、決して友好的ではない。

「……抜け目のない人だ」

「よく言われる。備えあれば憂《うれ》い無し、が信条でね」

今、読仙社に身を寄せているとはいえ、王炎はファウストに気を許していない。

「……凱歌《がいこー》に聞きました」

連蓮のことを言っているのだろう。凱歌は、ファウストに同行して神保町に出向いている。その際、彼から連蓮を殺したのがファウスト自身だということを聞かされたのだ。

連蓮は、読仙社の四天王《してんのう》と呼ばれた女で、王炎の旧友である。冷静を装《よそお》っているが、その心中は察するにあまりある。

「そうか。……で、どうする?」

カゴから出た読子は、珍しそうに谷を眺めている。二人の男はその姿を見つめ、お互いの顔を見ないままに会話を続ける。

「……あなたは、おばあちゃんが認めた客人だ。だから、丁重にもてなします」

平静な言葉と、態度だった。しかしそれを挑発するのが、ファウストの得意技だ。

「……ご苦労なことだ。……君と読子は、似たものどうしだな」

「……………………」

王炎の顔に、わずかだが感情の色が浮かんだ。

「……どういう、意味で」

「おまたせ、しました」

読子がやっと、二人の前に到着した。同時に会話は中断される。王炎も、瞬時に感情を顔面から消し去った。

「ではどうぞ、こちらへ……」

エスコートの手を上げて、石畳《いしだたみ》の上を歩き始める。

断崖《だんがい》に、もうしわけ程度の道がついている。幅は二メートル半ほどか、岩肌を削《けず》ってこしらえたものだ。そこから見下ろすと、断崖の底は霧《きり》で見えない。かすかに聞こえる水の音からすると、どうやら川らしい。

「ここは長江《ちょうこう》から少し入った支流です。詳しい地名まではまだ言えませんが」

先日までいた北京《ペキン》都市部と比べると、同じ国と思えないほど外観の印象が異なっている。一体何千年前からあるのだろう、そそり立つ奇岩の塔《とう》に、岩肌に彫り込まれた像、ふりかけたように点在する緑の樹木。武俠《ぶきょう》小説の世界が目前に広がっている。

およそ本以外に関心のない読子でさえ、その巨大さと歴史の風格に圧倒されてしまう。

「広いですねぇ、すごいですねぇ……」

並んで歩くファウストが、つい微笑する。

「驚きっぱなしだな。まるで子供だ」

「え？　……ああ、すみません」

「英国とは、違った趣《おもむき》があるでしょう？　景観ではそちらにひけを取りませんよ」

王炎の言葉は、旅先のガイドのように丁寧《ていねい》だ。とても敵どうしとは思えない。

「はい……なんだか、すごいところですね」

素直な感想が、読子の口を出る。心底そう思う。思ってしまうのだ。この光景を目《ま》の当たりにすると。

「感想まで子供だ。もう少し、文学的な言い回しをしてもバチはあたらないぞ」

教師のようにファウストが口を挟《はさ》む。

「すみません、そういうの、苦手なんです……」

読む才能は人一倍どころか人十倍だが、心中の表現は不得意な読子である。

「まあそれはいいんだ。だけどな、君もエージェントで一応、周りは敵なんだから。スキを見て脱出、とかを考えてもいいんじゃないか?」

「あ、そういうことですか……」

ファウストの指摘に、読子は指を口に当て、宙をぼんやりと見上げる。心底思いもよらなかった、という表情だ。確かに連行される際の脱出劇は、スパイ小説の常道だ。

「試してみますか?」

振り返りもせずに、王炎が言う。

読子は口に指を当てたまま考え、結論を出した。

「……でも、王炎さんは私より強そうだし、ファウストさんは、私よりズルいし……それに、紙もありませんから。……今は、いいです」

今は、ときたか。

その言葉は無意識からくるものなのか。読子の発言を二人の男はそれぞれに咀嚼《そしゃく》した。

谷にかかる石橋を渡り、向かいの崖《がけ》に到着する。

彫像に洞穴《ほらあな》、簡素な屋根に壁に囲まれた居住区が見えてきた。どうやらこちらの崖が、活動の本拠となっているらしい。

その中央にある、長い長い階段を上がっていく。自分まで、武侠《ぶきょう》小説の登場人物になったように錯覚《さっかく》してしまう。

たったった、と上から下りてきた男とすれ違う。頭に布を巻き、上衣の前を帯でまとめた簡素な服装。梁山泊《りょうざんぱく》、という言葉が自然に浮かんだ。

よく観察すれば、道や床は、たいがい古い木や石で作られている。それがまた、幽玄《ゆうげん》なる空気をかもし出す一因となっているのだ。

「足下に、気をつけてください」

割れた石段の上から、王炎が手をさしのべる。読子が取ろうとすると、横からファウストが入ってきた。すました顔で読子の手を奪う。

「紳士の役目だ」

王炎とファウスト。二人の男の視線が交錯《こうさく》した。

「……これは失礼を」

王炎は丁寧《ていねい》に謝ったが、その口には謝意の微粒子《びりゅうし》も伺《うかが》えなかった。

「ふわぁー……」

石段を上り終えると、巨大な門があった。

なだらかに反った瓦屋根《かわらやね》に、格子《こうし》をあしらった扉。敷地内にはぽつぽつと仏塔《ぶっとう》が置かれている。円柱はやや褪《あ》せた赤色に彩《いろど》られた、典型的な中華風屋敷だ。

周囲を大木や岩に囲まれている。航空写真でも簡単には見つからないだろう。まさに自然のカモフラージュだ。

人の姿はあまりない。見張りらしき者は立っていない。大英図書館とは対照的な、セキュリティの緩《ゆる》さである。あるいは自信の裏付けなのだろうか。

門をくぐり、花の咲く庭を渡っていく。やや離れた場所に広い池と、その中に建つあずまやが見えた。本当に観光地に来ているような気になる。

「ドレイクさんが見たら、喜ぶだろうなぁ……」

思わずそんな感想が口を出た。

「長く歩かせてすみません。もう着きますよ」

王炎の言葉に前を見ると、寺社《じしゃ》風な造りの屋敷が見えてきた。

「どうぞ、おかけになってください」

王炎が椅子《いす》を引き、読子を座らせる。

「はぁ……」

屋敷に案内された読子は、広い部屋に通された。

中央には黒い木のテーブルが置かれ、その上には、皿と山盛りになった料理が見える。餃子《ぎょうざ》、シシカバブーといったポピュラーなものから、子豚《こぶた》を丸焼きにした〝仔豚全乳猪〟、スッポンと羊肉を煮込んだ〝偏地錦装餅〟、カニの紅《あか》さも鮮やかな〝凍紅蟹〟などの本格中華なども並んでいる。美食家のナンシーが見たら、さぞかし目を細めることだろう。

ファウストが、読子の隣に座る。

王炎は、斜め向かいの席についた。

ひいふうみ、と皿を数えていた読子の目は、すぐに王炎に向けられた。

「……三人ぶんにしては、多すぎませんか？」

「ご心配なく。後からもう一人来ますので。ご紹介したいかたが」

「はぁ……」

一人増えるにしても、この量は……。

「それまで、少しお喋《しゃべ》りでもしましょうか。まず、あなたと一緒に行動していたエージェントですが……」

読子が思わず席を立った。

「ナンシーさんっ！　どこですかっ⁉」

「落ち着け、読子。はしたないぞ」

横から注意するのはファウストだ。しかし読子は立ったまま、王炎を見つめている。

「……彼女も、我々が拘束《こうそく》しています」

「あわせてくださいっ」

「残念ですが、ここにはいません。彼女の能力は少し厄介《やっかい》ですので。とある場所で、おとなしくしてもらっています」

「……………………」

読子の顔に、不安の色が広がっていく。〝おとなしく〟の意味を量りかねたのだ。

「無事ですよ。今のところは」

読子は大きく息を吐いた。どうやら安心したようだ。しかしエージェントたる者、これほど感情を表に出していいものだろうか。

「彼女が今後どうなるかは、あなたの返答次第です。それによっては……このまま〝沈んで〟もらうかもしれません」

後から考えてみれば、この時の王炎の言葉はナンシーの能力にひっかけたダブルミーニングとなっていたのだが、当然ながら読子はまだそれに気づかない。

「……返答って、私に、なにをさせる気ですか……？」

「まあ、座ってください」

王炎にうながされ、読子が椅子《いす》に腰を下ろす。

「それは、私たちの頭首《とうしゅ》が直々《じきじき》にお話しします」

「頭首って、あの……」

「おばあちゃんです」

おばあちゃん。幾度となく王炎たちから出た言葉だ。その柔らかなトーンが逆に、正体不明な違和感を植え付ける。

「その人が……イギリスを、襲えって言ったんですか？」

「……………………」

読子の問いに、王炎は沈黙で答えた。長い沈黙と表情は、肯定とも否定とも判断できない。意外にも、ファウストが助け船を出した。

「焦《あせ》るなって。すぐにこの事件の全貌《ぜんぼう》がわかるさ。それだけじゃない。いままで自分が立っていた世界の裏側も、だ」

今に始まったことではないが、ファウストの思わせぶりな言い回しは、読子をますます困惑させる。

「……………………」

テーブルに降りてきた沈黙を、王炎が払った。

「……あなたに、謝っておきたいことが」

「なんでしょう?」

慎重な口調に、読子が顔を上げる。

「ピカデリー・サーカスで。あなたの髪を切ったことを」

「ああ……」

英国、ピカデリー・サーカスからの去り際に、王炎は読子の髪を切っていった。二人が出会うきっかけになった本、『髪盗《かみぬす》み』の文句になぞらえて。

「女性の髪を無断で切るのはたいへんに失礼だと、おばあちゃんに言われまして……」

王炎の言葉に浮かぶ感情は、どうやら本気の謝罪である。〝おばあちゃん〟の影響力がいかに大きいかを思わせる。

「いや、あの……お気になさらず……」

と、読子がフォローするのも妙な話ではある。ファウストも彼女の髪を見て、口を開く。

「まあ、身だしなみには気を遣わない女だからな。そのヘアスタイルも、少しは手入れしたらどうだ?」

余計なお世話に、読子が口を尖《とが》らせた。

「やってますよぉ。……最近ちょっと忙しくて、サボりがちですが」

「最近って?」

「んー……ここ、一年ぐらいは……」

わざとらしく、ファウストが嘆息する。

「年の単位がでる時点で、もうダメだな」

「あのっ。ここんとこ、私が忙しいのは、ファウストさんのせいでもあるんですがっ」

二人のやりとりに、王炎が微笑した。徐々《じょじょ》に、徐々にと会話の温度が上がっていた時。部屋の奥の扉があいた。

「?」

思わず目をやる。厚い扉の向こうから、一人の少女が入ってきた。

あ、かわいい。

読子が抱いた、第一印象がそれだった。

人民服《じんみんふく》に編んだ髪、歳《とし》の頃は七、八歳か。少女というよりは、まだ幼女だ。

幼女はてくてくとテーブルに向かってきた。

そしてちょこんと空《あ》いていた席につく。読子の真向かいだ。目があった。にこっと笑いかける。読子もにへら、と笑みを返した。

一連の動作が、人形のように愛らしい。誰かの娘だろうか? 素直にそう思っていた時、王炎が口を開いた。

「……では、全員揃《そろ》ったところで、始めるとしますか」

「そうだな」

ごく自然に、ファウストが賛同する。疑問符を掲《かか》げたのは読子だけだった。

「へ？　え？　でもあの、おばあちゃんって人は……」

「来てますよ、ここに」

王炎は、視線で隣席の幼女をさした。

「にいはぉ」

幼女が手をあげて、読子に挨拶《あいさつ》した。

「はぇっ？　だって、オンナノコじゃないですかっ⁉」

「ええ、まぁ」

読子は困惑を顔に残したまま、まじまじと幼女を見つめる。まさかと思ったが、顔のどこにも、皺《しわ》一本見つからない。

「そんなにジロジロ見ないでよ。読子ちゃん」

幼女はカラカラと笑い、読子をたしなめた。

「す、すみましぇん……だってあの、おばあちゃんって！」

「生物学的にはそうなんだよ。言っておくが彼女、僕よりずっと年上だ」

ファウストが、読子の疑問に答えた。幼女は少し棘《とげ》のある視線を、ファウストに投げた。

「色気《いろけ》のない言い方。だからその歳《とし》で独身なのよ」

「人のことがいえるのか。君だって独《ひと》り身《み》だろう」

「あたしは何百回も結婚してるもん。恋多き女よ。うふっ」

幼女のウインクに、読子はぽかんと口を開けた。ファウストにしてからが、外観は少年である。だが彼と彼女の間でかわされる会話は、明らかに子供のものではない。

「あの……本当に、その、おばあちゃんなんですか？」

「そうだってば。そんなに気になるんだったら、名前で呼んでもいいけど」

「お、お名前は……？」

「んー……そうね、じゃあ、チャイナって呼んで」

幼女の提案した名前に、ファウストと王炎が同時に顔をしかめる。

「また大雑把《おおざっぱ》な名前だな……」

「そんな呼び方、自分もしたことありませんが……？」

わきあがる非難の声に、チャイナは頬《ほお》をふくらませる。

「名前なんて、もとをたどれば地名に行き着くんだから。どうせなら、でっかいほうがいいじゃない。イギリスには、自分で〝紳士〟って言ってるヤツだっているんだし」

同意を求めるように、読子を見る。

「チャイナさんは……読仙社の、一番エラい人なんですか？」

「エラいっていうか……まあ、ご隠居《いんきょ》みたいなもの」

「頭首《とうしゅ》です」

王炎がささやかに、しかしきっぱりと訂正《ていせい》する。

「…………」

衝撃を隠せない読子に、チャイナは言った。

「とにかく、ゴハンにしない？　あたし起きたばっかりでもうお腹《なか》がすいちゃって」

無邪気《むじゃき》な笑いは、まさに子供のそれだった。


「失礼しまーす」

王炎の合図で、次から次へと皿が運ばれてくる。

料理が大量であった意味がわかった。チャイナは皿の半分以上を、ぱくぱくと休みなくたいらげていった。

この小さな身体《からだ》のどこに、と思うほどの大食ぶりだ。皿を持ち、そして下げていくのは一八、九の少女たちだが、忙しく入室、退室を繰り返す。

「清代《しんだい》秘伝よ」

とチャイナが読子に勧めるのは麻婆豆腐《マーボーどうふ》である。一匙《ひとさじ》口に運ぶと、確かに美味だ。山椒《さんしょう》と唐《とう》辛子《がらし》のブレンドが絶妙である。こと食に関しては、確かに英国は中国に譲《ゆず》らざるをえない。

「お口にあうかしら？」

「お、おいしいです……」

ナンシーにも食べさせてやりたい。読子はまたそう思った。

「ねえ読子ちゃん。その料理に、毒が入ってるとしたらどうする？」

チャイナの言葉に、読子の匙がぴたっと止まった。

にこにこと見つめるチャイナの瞳は、東洋人にはほとんど見られない黄色である。その奥には、読子の心を探るような影が見え隠れしている。

「…………入ってるん、ですか？」

「さあ？　でも読子ちゃんは、私たちの敵よね？　連蓮ちゃんや白竜《はくりゅう》ちゃんも殺されたし、紫《し》禁城《きんじょう》も壊してくれちゃってるわよね」

二人の会話を聞きながら、王炎とファウストは無言で食事を進めている。

「エージェントとして、敵の出した料理を素直に口にするのって、甘いと思わない？」

「………………………」

読子はしばらく考えていたが、また匙で麻婆豆腐を口に運んだ。

「あらあら」

意外な行動に、チャイナが軽く驚く。

「いい度胸だこと。……よかったら、説明してもらえる？」

ごくんと豆腐《とうふ》を嚥下《えんか》して、読子は匙《さじ》をおいた。

「説明と言われても……どっちみち、もうかなり食べちゃいましたから。毒が入ってたら死ぬだけですね。でも、王炎さんにしろチャイナさんにしろ……私を殺そうと思ったら、いくらでもチャンスはあったわけですし……。わざわざ今、毒殺しようなんて信じきれないんですけど……」

「投げやりにも聞こえるけど？　どうして信じきれないの？」

読子は指でぽりぽりと頬《ほお》をかき、言いにくそうに続けた。

「あの……皆さん、一筋縄《ひとすじなわ》でいかない性格なので……もっとじわじわと、殺しにくるんじゃないかって気がしてるんです」

ストレートな言い方に、チャイナが目を丸くする。

「まだ、お話も聞いてませんし……」

王炎のほうをチラリと見る。その目の動きに、チャイナの視線も続いた。王炎は、トボけたように明後日《あさって》の方向を向いている。

「それで、あの……毒入りじゃないのなら、オミヤゲにもらえませんか？　友人にも食べさせてあげたいので……」

友人とは、ナンシーのことだろう。しかし読子は、本気で無事ここから脱出する気でいるのか？　その言葉に無意識な自信を読みとり、チャイナは苦笑した。

「おもしろいコね、読子ちゃん」

「……恐縮です」

チャイナの賛辞に、読子は身を縮こまらせる。唐辛子《とうがらし》の辛さを消すべく、茶を口に運ぶ。

「そのとおりよ。毒は別に入ってないわ。いやしくも読仙社の隠居《いんきょ》たる者、毒殺なんてマイナーな手段を使うもんですか」

「頭首《とうしゅ》です」

細かくチャイナの言葉を訂正《ていせい》する、王炎である。

「……まあ確かに、読子ちゃんなら王炎ちゃんのお嫁《よめ》さんにふさわしいかも」

思いがけない言葉に、読子は思わず口中の茶を吹き出しそうになる。

「おばあちゃん……僕は、そんなつもりは……読子さんにも失礼ですよ」

たまらずむせこむ読子の代わりに、王炎がそれを否定した。

「なにがぁ？　同じ紙使いどうし、お似合いじゃない」

「あ、あのっ……えほっ！」

口を挟《はさ》もうとする読子だが、むせて咳《せき》が邪魔《じゃま》をする。

「どうかな。王炎は性格に問題がある。幸せな家族計画は想像できないな」

どこか憮然《ぶぜん》とした口調で、ファウストが否定した。彼に他人の性格を批評する資格があるのだろうか。

「オコサマはひっこんでて。これは読仙社の問題なんだから」

ぴしゃりと、ファウストの横槍《よこやり》をチャイナが弾《はじ》く。軽口まじりではあるが、どうやら彼女もファウストを全面的に受け入れているわけでもないらしい。あるいは王炎のことを優先させている、と考えるのが自然だろうか。

とにかく、この一時間で二人の男性と結婚話がもちあがる、という人生初のモテモテ事態に陥《おちい》った読子である。

しかし本人は、そういう事態にまったく適応できない。

「いぇっ、あのっ！　私の生活設計には、当分結婚とかそういうご予定は……」

「まあもったいない。王炎ちゃんと結婚したら、東洋で最大の結婚式をしてあげるのに」

茶をすすりながら、ファウストがまた横槍を入れてくる。

「西洋は入らないのか」

「入れる必要ないでしょ。東洋一、ってことは世界一ってことよ」

ファウストとチャイナの視線が交錯《こうさく》した。

奇妙なことだが、この食卓についている四人のうち、敵対関係は読子と他の三人なのだ。だが、その三人は微妙に対立、あるいは牽制《けんせい》しあい、一人読子が間に挟《はさ》まれておたおたしているのだ。これではまるで、日本のホームドラマである。

食事が中盤《ちゅうばん》をすぎた頃、ついに読子が切り出した。

「あの……チャイナさん？」

「なぁに？」

マンガのように皿を高く積み上げ、チャイナが返答する。

「……そろそろ説明してもらえませんか？　どうして私を、ここに連れてきたんですか？　おばあちゃんって呼ばれてるのに、どうしてそんなに若いんですか？　読仙社の目的はなんなんですか？　グーテンベルク・ペーパーでなにをするんですか？　ナンシーさんはどうなってるんですか？　……みんなで仲良くって、できないんでしょうか？」

皿の数と同じほど並んだ読子の質問を、チャイナは無言で聞いていた。

ここまでの会話は、英語で行われている。読子にしても、そのほうがありがたい。付け焼《や》き刃《ば》でナンシーに中国語を教わったとはいえ、細かいニュアンスや早口は理解できないのだ。その一方で、読仙社側は英語を完璧《かんぺき》に理解しているようだ。

「……そうね。じゃあ、わかりやすくたどっていこうかしら」

ナプキンで口の周りについたソースをふき取り、すました顔で手をあげる。

それが合図であるかのように、扉から少女たちが現れた。

読子は、その時ふと気づいた。彼女たちは、髪形や服装は異なるが、顔つきはほとんど同じなのだ。全部で五人、おそらくは五つ子だろう。

皿を下げた後、その中の二人——ポニーテールに髪をまとめた子と、両サイドにたらした子が、脚に小さな車輪のついた衝立《ついたて》をカラコロと押してくる。

チャイナは、衝立の横に立ったポニーテールの少女に声をかけた。

「始めてちょうだい」

少女は微笑して頷《うなず》いた。

女が衝立を開く。白く広がったそれは映画を投射《とうしゃ》するスクリーンのようだ。

しばらく間をおいてそこに、ぼんやりと画像が浮かんできた。

思わず目を丸くする読子に、チャイナは、

「仙術《せんじゅつ》よ」

と一言で片づけた。

そこに映し出されたのは、岩だらけの荒野である。建造物の類《たぐい》は見えない。ただ果てしなく広い大地に、見たこともない草が生えている。

アジアの奥地か、アフリカか？　ヒントはどこにも見えない。

時も場所もわからないが、草の匂《にお》いは衝立を飛び出て漂ってくるようだ。植物でありながらケタ外れに強い生命の力が、そう錯覚《さっかく》させるのか。

チャイナが目を細めた。

「これは……そうね、五〇万年ぐらい前かしら」

「はぁ？　でもその頃、カメラってないじゃないですか」

木訥《ぼくとつ》な読子の質問を、チャイナは一蹴《いっしゅう》した。

「なんでカメラがいるのよ。仙術って言ったでしょ」

「西洋思想に毒されているから、固定観念が拭《ぬぐ》えないんだ。なんでもCGでフィルムにできるなんて、ハリウッドの罪だな」

失踪《しっそう》してる間に、なにを学習していたのか。ファウストが茶の残る碗《わん》を置く。

「デザートはなんにする？　杏仁豆腐《あんにんどうふ》とアイスクリームとケーキもあるけど。みんな食べちゃおうか。あとフルーツも適当に」

王炎が、困ったように眉《まゆ》を動かす。

「おばあちゃんも、人のことはいえませんね」

「いいのよ。おいしいものに国境はないわ」

ナンシーなら賛同する意見だろう。他の三人と違い、読子は衝立に目を奪われている。ただ、自然の風景を映しているだけなのに飽《あ》きることがない。

突然、その画面に人が現れた。

「！」

男だ。毛皮を身にまとっている。木を削《けず》りあげた槍《やり》を手に持っている。

「五〇万年前って、言いませんでした?」

思わずチャイナに問い質《ただ》す。

「言ったけど」

「……でも、おかしいです。五〇万年前なら、人間はまだ北京《ペキン》原人じゃないですか。でも、この人は……今の人類と同じ、現世人ですよ。道具も持ってるし」

チャイナは杏仁豆腐《あんにんどうふ》を口に運びながら、面倒そうに答えた。

「持ってるんだからしょうがないじゃない」

「でも、歴史の事実に反してます」

しょうがない、では片づけられない。仙術《せんじゅつ》で誤魔化《ごまか》されてはたまらないのだ。

「反してるのは、本当に歴史のほう? 読子ちゃん、あなたはその知識をどこで知ったの?」

「本です……」

そう答えるしかない読子である。実際に、そうなのだから。

「その本が正しいって、どうして言えるの?」

「だって、それだけじゃなくて、どの本見ても……」

「全部の本が間違ってるとしたら?」

「え?」

チャイナは変わらぬ美味《うま》さを持つ杏仁豆腐に舌鼓《したつづみ》をうちながら、読子に言葉を浴びせていく。

「……もしもよ。一番最初に歴史書を書いた人が、嘘《うそ》をついてたら？」

実際、最初の歴史書には偽書《ぎしょ》と呼ばれるものが多い。時の権力者が自分に都合のいいことを書かせたのである。しかし当然ながら、その真偽は後世にて判断されている。

「そんなことが……あるわけが……だって、歴史学者の人が気づくに決まってるじゃないですか」

あまりに強引な問いに、読子もわずかに口調を強める。

「そう？　あなたの国……日本のほうで、ね。つい最近、遺跡の捏造《ねつぞう》事件があったじゃない。その人が見つけた、教科書にまで載った遺跡も偽物《にせもの》だったんですってね。……ここから出土《しゅつど》したって言えば、人は簡単に騙《だま》されるものよ。しかもその、歴史的証拠を他から隠すために、自分のトコの博物館にしまってるとしたら、どれだけの人が確かめられるかしらねぇ……」

その言葉が誰を、どこの国を指しているのか。読子でも容易に連想できる。

「……………………」

読子にしても、ネアンデルタール人や北京原人の出土した土地に出向いて確認したわけではない。本で読んだだけなのだ。それはそうだ。それはそうだが……。

「誰かが教えてくれなかった？　大切なのは、自分で調べて自分で知り、自分の意見を持つことよ」

しかし、チャイナの意見も非常識すぎる。素直に従えないものがある。

「でも……だって、これだって、仙術《せんじゅつ》じゃないですか。どうしてこっちが正しいって言えるんですか」

珍しく、読子もくいさがる。

「言えるわよ」

チャイナは平然と衝立《ついたて》を指した。杏仁豆腐《あんにんどうふ》の匙《さじ》で。

「これ、私の記憶だもん」

「えっ？」

瞬時には理解できない、チャイナの言動である。

「これは、私の記憶を投影してるの。プロジェクターに映画を映すようなもの」

「チャイナさんの……記憶……。そんな、何十万年も前の……？」

チャイナが眉《まゆ》をひそめる。びしっ、と伸ばしていた腕からも力が抜けた。

「あんまり、歳《とし》のことは聞かないでね。ムカつくんじゃなくて、本当に忘れかけてるんだから」

「…………………………」

未だ半信半疑《はんしんはんぎ》の読子に、チャイナが追い打ちをかけた。

その匙が、衝立の中の男に向けられる。衝撃の言葉はあっさりと告げられた。

「で、これがジェントルメン」

「………………………………………どええっ⁉」

読子の声が、正確に一オクターブ上がった。

食い入るように、衝立の中の男を見つめる。

「似てませんっ！　全然っ、別人ですっ。だって若いじゃないですかっ！」

「そりゃ、今は老《ふ》けてるでしょうよ。これから何十万年も経ってるんだから」

さらりと流すチャイナであるが、幼女の姿に〝何十万年〟という単位は似つかわしくない。

「………………………」

読子は一応、記憶の中のジェントルメンと、衝立の中の男を比べてみた。精悍《せいかん》な顔つき。たくましい筋肉。強固な意志を思わせる瞳。

老いた現在の姿とは、なにもかもが異なる。しかしどう言えばいいのだろうか、全身から出ている威圧《いあつ》感やカリスマ性は、確かに似ている。

「それにしても……それにしても……これがジェントルメンさんだとしたら……」

読子は衝立を見つめたまま、チャイナに問う。

「……どうして、チャイナさんと一緒にいるんですか？」

犬猿《けんえん》の仲、不倶戴天《ふぐたいてん》の宿敵。大英図書館と読仙社の頭首《とうしゅ》どうしがこれほどの至近距離でなにをしていたというのか？　その答えはやはり、あっさりと返ってきた。

「そりゃ、夫婦だったから」

「だええっ⁉」

今日何度目になるのだろうか、大声が口を出る。ファウストが美しい眉《まゆ》をしかめた。

「はしたないぞ、読子」

「しゅ、しゅみません……いや、でも、ええっ⁉」

ついついチャイナと、画面のジェントルメンを交互に指さす。この仕草ははしたなさに追い打ちをかけている。

特に気を悪くした様子もなく、チャイナが空《から》になった器《うつわ》をテーブルに置いた。

「とぉっくの昔に別れたけどね。でも、最初の亭主よ。この時はまだ、人類に夫婦って概念《がいねん》も無かったけど」

背後から音がした。実際の音ではなく、衝立の発した音だ。人間の耳は、時間差で音源との距離を判断し、方向を認識する。それを計算に入れれば、前方のみの音源で後方から音が聞こえてくるよう、錯覚《さっかく》させることが可能なのだ。サラウンドシステムのような機能も、チャイナの仙術《せんじゅつ》にはあるらしい。否《いや》が応《おう》にも、臨場感が上がっていく。

視点の主、つまりチャイナが振り返ったように、画面が水平に一八〇度回った。

その視界に入ったのは――人の波であった。

荒野の果てまで続くのは、老若男女《ろうにゃくなんにょ》の一大キャラバンである。毛皮を樹の蔦《つた》で巻きつけたような服、ジェントルメンと同じく、木の槍《やり》を持っている男たちが見える。

民族大移動、そんな歴史学的なフレーズが連想された。

「この人たちは……」

「あたしの家族。あたしと、ジェントルメンの」

叫びは無かった。もう驚くことにも疲れてしまった読子なのである。

「つまり、人類の最初のほうの人たち。全員産んだわけじゃないけど。一%ぐらいかなぁ。あとは勝手に増えてったし。まあ、来る者は拒《こば》まずで」

人類創世の重大事が、実に適当に語られる。近親婚も、それほど禁忌《タブー》とされていなかった時代なのだ。種としてまず、増えることが重要であったろうし、チャイナの言葉どおり、夫婦や家族の概念《がいねん》もなかったに違いない。

それにしても。衝立の中に描かれているのが、創世記の序章だったとは。主役の一人は杏仁《あんにん》豆腐《どうふ》を平らげて、アイスクリームを口にしているが。

「ここから前の記憶は、今イチ曖昧《あいまい》なの。……いつだったかなー、どこだったかなー……。大陸のどっかだと思うんだけど。あたしの暮らしてた土地に、あの男がやって来た。もちろん、その時は自分のことを〝ジェントルメン〟なんて言わなかったわよ。文字どころか、意志疎通《そつう》の手段もロクになかったし」

この場に歴史学者がいたら、どんな顔をするだろう。読子はふと、そう思った。

「あいつはあたしと暮らすようになった。暮らすっていっても、一緒にいただけだけど。そのうちに、子供ができて。まあそこまでは、よくある話よね」

「ええ、まあ……」

「その子供が、成長して大人になって、出て行ったり、一緒にいたりしてたけど……ある日、気づくのよ。あたしたちだけが、歳《とし》を取らないってことに」

ファウストが、飲茶《ヤムチャ》の椀《わん》を口に運ぶ。

「子供のほうが、先に死んでく。あたしとあの男だけ、時が止まってるみたいな感覚」

目がわずかに細くなった。遠い遠い過去を、記憶の先に眺めているのだろうか。

「それでも最初は問題なかった。人間っていっても、動物みたいなものだったから。でも、だんだん知恵がつくようになってってね……あたしたちも、周りの人間も。そうすると、同じ場所にいられなくなる。化け物扱いされるようになる」

「あの……それってやっぱり、ジェントルメンさんが、原因なんでしょうか？」

読子の質問に、チャイナが目を開く。

「あたしのほうに、心当たりはないわね。あいつに、なにかスイッチを〝押された〟のかもしれないけど。……今となっては、どうでもいいわ」

ファウストが、音をたてて椀をテーブルに置いた。

「……失礼」

ちらっと一瞥《いちべつ》しただけで、チャイナは話を続けた。

「ある日、あの男は言った。自分たちだけの国を作ろうって。そして二人で、子供たちを連れて出ていった。たどりついたのが、この山奥よ。……あたしはまた子供を産んで、その子が子を産んで……家族は増えていった。これは、その頃の記憶」

神話じみた思い出話を、読子は半信半疑《はんしんはんぎ》で聞いている。

「全部は、信じられません……」

「なら、信じなくてもいいけど。でもね、真実は変わらないわよ」

チャイナは、空《から》になったアイスクリームの器《うつわ》を、チンと叩《たた》いた。

「場所を変えましょうか。食後の運動がてら、歩きましょ」

チャイナに連れられ、読子は部屋を出ていった。テーブルに残ったのは、王炎とファウストの二人である。

「……ついていかないのか？　読子が彼女を人質にして逃げたらどうする？」

「〝五人組〟がついていますから。……それに、おばあちゃんを人質に取れる人間なんか、地上にいませんよ」

「〝おばあちゃん〟っ子はこれだから。油断は癌《がん》、水虫《みずむし》と並ぶ人類最大の敵なんだがな」

ファウストの挑発を、王炎は平静に聞き流す。

「それより、グーテンベルク・ペーパーの解読はどうなってるんですか?・」

「もう少しだよ。近日公開、カミングスーンってヤツだ」

「急いでください。間に合わなければ、あなたに生きてもらっている意味はない」

王炎の顔は変わらない。無表情のままだ。しかしそこから漂う空気は、読子の前では決して見せない、〝こわい〟ものだった。

「努力しよう。彼女と違って、僕はまだまだやりたいコトも多いからね」

ファウストは肩をすくめて、王炎から目を逸《そ》らせた。

洞穴《ほらあな》かと思ったら、階段だった。つまりは、地下へと下りる洞穴に、階段が作られていたのだ。

「暗いから、気をつけてね」

慣れた足取りで進むチャイナの後を、読子はおたおたとついていく。

屋敷の奥、廊下《ろうか》の突き当たりには壁がなかった。岩肌がそのまま、剝《む》きだしになっていた。建物の一部は、山にめりこむように建てられているらしい。

そこにあったのが、階段に続く穴だった。
五、六メートル置きで、岩の壁に松明《たいまつ》が灯《とも》されているのだが、足下は暗い。すいすいと進むチャイナに、読子はついていくのがやっとだった。

「なにがあるんですか？」

「地下牢《ろう》。そこに読子ちゃんを死ぬまで閉じこめるの」

「……逃げても、いいですか？」

「どうぞ。すぐに捕まえちゃうけど」

どこまで本気かわからない。ファウストといい、チャイナといい、永《なが》すぎる生は人の性格を悪くするのだろうか。

何百段か下ると、急に視界が開けた。

「ふわぁ～…………！」

穴の先にあったのは、踊り場のように平らな岩のステージだった。しかし読子を感嘆させたのは、そこから見える眺めだ。

くり抜かれている。なにが？　岩が。土が。なにもかもが。

岩山の内部は、だだっ広《ぴろ》い空洞《くうどう》になっていた。

上から、下から、巨大な石柱や鍾乳石《しょうにゅうせき》がそびえ立ち、あるいはブラ下がっている。よくよく目をこらして見ると、

「…………！」

メガネの下の目が、丸くなる。

石柱や鍾乳石の表面に、見慣れたものが収まっていたからだ。

それは本。読子の最も愛するものである。

石や壁には、本箱や本棚《ほんだな》が細工《さいく》され、何百万という本が並んでいる。背表紙からすると、主に東洋系の本だ。中には竹簡《ちくかん》や石板らしきものも見える。

大英図書館、神保町と本を見慣れている読子でも、この幻想的な景観には驚きを隠せない。

「ち、チャイナさん……こりはいったい……」

興奮のあまり、言葉が震える。

チャイナはニヤリと笑って答えた。

「見てのとおり。本の山よ」

チャイナの屋敷があった岩山は、中身をくり抜いた「本の山」だった。自然のものとは思えない、人工物にしては〝馬鹿げすぎて〟いる。両者の絶妙な融合《ゆうごう》具合を見て目を輝かせるのは、読子のような愛書狂《ビブリオマニア》ぐらいだろうが。

踊り場から地面に下りた二人は、石柱の本箱の間を通り、中央へと向かっていく。

「すごいぃ……」

読子が心底圧倒されるのは、やはりこのように本がからんだ時だ。ましてやここに並んでいるのは、どれも見たことのない本だった。

「どこから、こんなに？」

「ほとんどは国内だけど、あとは世界中からよ」

「どうして、こんなに？」

「……そうね。しいてあげれば、遺産がわりかしらね」

話している間にも、読仙社のスタッフらしき人々が二人とすれ違う。

チャイナが見えると、通りやすいように道を空《あ》け、軽く黙礼をかわす。続く読子にも同様に挨拶《あいさつ》をしてくる。

彼らは本箱から何冊かを抜き取ったり、戻したりと忙しそうだ。抜き出した本は、岩肌のあちらこちらに設けられた階段を使って、外へ運んでいる。

「ここに集めたのは、本当に人類が歩んできた道を記した本よ。あたしが覚えている限り、だけどね」

「本当に……って？」

二人の目の前を、馬車が通っていった。馬が引く荷車には、竹簡が山と積まれている。

「……さっきの話の続きよ。あたしたちは、自分たちの国で静かに暮らしていた。何千年かは平和なもんだったわよ。あいかわらず、あたしとあの男以外はフッーに生きて、フッーに死んでったけど」

紙が発明されたのは、紀元前二世紀頃だといわれている。それより前はこうした竹簡や石板、粘土《ねんど》板、動物の革などに文字が記されていたのだ。

「ところがある時、どこからか、他の集団がやって来た。争いになったわ。あたしたちが勝ったけど、仲間もいっぱい死んだ……」

チャイナの瞳から、子供の色が消えた。

「何度かそんなことがあったわ。あたしたちは、その度《たび》に敵を追い払った。その度に、仲間も増えたり減ったりを繰り返したわ」

戦争、というほど進化したものではないだろう。チャイナの記憶に蘇《よみがえ》っているのはもっと原始的なもの、ただの〝殺し合い〟だ。

「あたしとあの男の間で、初めて変化が起きた。あたしはもう、疲れてたの。自分の子供や、その子供が死んでいくことに。どこかへまた、逃げようってあいつに言ったけど。あいつは逆だった。自分から、攻めに行くことを選んだのよ」

「…………………」

読子が無言で息を呑《の》む。人類史上初の侵略戦争が、チャイナから語られたのだ。

「あたしたちがなぜ勝てたのか。それは、戦い方のノウハウをあの男が学んでいったからよ。それを何百年もかけて、教えることができたからよ。軍隊のハシリみたいなもの。……あいつは仲間を率《ひき》いて出ていって……食料を奪い、奴隷《どれい》をつれて帰ってきたわ……」

瞳を彩《いろど》ったのは、翳《かげ》りであった。底が見えないほど深い感情が、その中に浮いていた。

「そんなことを繰り返して、国は帝国になった。あの男は人々の頂点に居座った。権力に目覚めたのよ。その時にはもう、あたしの知ってたあの人じゃなかったと思う……」

翳りが消えた。代わりに浮かんだのは、強い意志の光だった。

「あたしは、あの男と争った。口で、力で、策略で、なにもかもで。……その結果、あたしたちは別れることになったの」

外観がどうであれ、さすがにジェントルメンの元妻である。かもし出される雰囲気《ふんいき》には、よく似た圧迫感がある。

「……国も家族も、仲間も二つに分かれたわ。……あの男は西に渡り、彼だけの帝国を築いていった。あたしはこの地にとどまった……。東洋と西洋はそれぞれに発展して、今の世界の基礎ができていったのよ」

知られざる世界史である。

「……でも、それとこの本の山とは、どういう……」

「見なさい」

話しながら、二人は書庫の中央にたどり着いていた。チャイナが、そこに建てられている柱を指さす。

木でできた柱だ。ＤＮＡのように、二重螺旋《らせん》を描きながら立っている。その木の間に板が渡され、本棚《ほんだな》となっている。

「なんの本ですか……？」

「私の日記」

チャイナの答えに、読子は息を呑《の》んだ。続いてすぐに、生唾《なまつば》も飲み込んでしまった。ざっと見ても二、三千冊はありそうだ。

「覚えている限りのことを書いてるわ」

それは如何《いか》なる内容なのか。考えるだけで、読子の頭の中心が疼《うず》いた。読みたい、という衝動が身体《からだ》を突き上げてくる。

それを知ってか知らずか、チャイナはさらに話を続ける。

「あの男にも誤算があった。それは、人間が増えすぎたこと。一人のカリスマだけでは統治しきれないぐらいに増え、広くに散らばっていったこと。増えすぎた人間は独自の文化、思想を育《はぐく》みながら進歩していった。同時に、あの男の支配から少しずつ、離れていった。文明は、力から智恵の時代に移っていったのよ」

どれだけ昔のものなのだろう、読子の目前の棚《たな》には古い日記が詰められている。チャイナの話を聞きながらも、手がむずむずと動いてしまう。

「あの男は人を支配するために、力じゃなくて言葉や思想を使うようになった。それが宗教であり、歴史書なのよ。あいつの都合のいいように、あいつが書いたものだけど」

そっ、と読子の手が上がる。日記に向けて、静かに動く。

「気の遠くなるような永《なが》い時間をかけて、あいつは人間に多種多様の固定観念を植え付けていったの。人は空を飛べない、水中で息ができない、一〇〇年そこらで命は尽《つ》きる、あれもできない、これもできない……ってね。……戦いを好み、欲望にまみれた、太古《たいこ》の文明がどんな道をたどっていったか……この世界は、今もあの男の創作を基盤にした、フィクションなんだわ」

「…………………」

熱弁を振るうチャイナに隠れて、読子の指が日記に触れようとした時。

「！」

飛来した一本の矢が、本棚《ほんだな》に刺さった。一瞬早く引っ込めなければ、読子の掌《てのひら》は貫《つらぬ》かれていただろう。

「？」

チャイナもなにごとか、と目を向ける。

「…………………」

よくよく見ると、刺さっているものは矢というより串《くし》に近いものだった。黒く、細身の鉄の片側を尖《とが》らせたものだ。

「これは……」

どこから、誰が投げたものなのか。振り向いた読子の顎《あご》に、一本の角棒《かくぼう》が突きつけられる。

「……動くな」

黒い、四角の長い棒だった。それを構えているのは、一七、八の外観を持つ少女である。

「動くと、殴《なぐ》るからなっ」

別の声が、右から聞こえてきた。そこにはやはり、同じ年頃の少女がいた。違うのは、三本の棒を鎖《くさり》でつないだ武器——三節棍《さんせつこん》を持っているところだ。

「あんた今、おばーちゃんの日記盗《と》ろうとしたでしょー。そーいうの、ドロボーってゆうんだよ。ダメだねー。よくないねー」

二人に比べて幾分か軽めな声と、ヒュンヒュンと風を切る音が背後から届く。首だけそろそろと動かして振り向くと、やはりそこにも少女がいた。手にしているのは、棘《とげ》つき鉄球と柄《え》を鎖で結んだ武器だ。彼女は柄を握って、鉄球を振り回していたのである。

「が……がんだむはんま——……?」

うろ覚えのイメージを口にする読子である。確かファンタジー小説では〝モーニングスター〟とか呼ばれている武器だ。爽《さわ》やかな名称と裏腹に、その破壊力は想像するだに恐ろしい。

びし、と本棚の脇から音がした。ポニーテールの少女が、刺さった串を抜いていた。同じ武器を指の間に何本か挟《はさ》み持っているところを見ると、どうやらこれを投げたのは彼女らしい。

「これだから、西洋人はキライです」

抜いた串をそのまま、読子に向ける。一瞬で読子は、四人の少女に周りを囲まれていた。

「あなたたちは……」

四人の顔には見覚えがあった。ついさっき、食事を運んできた少女たちだ。あの時は、今放っている殺気を微塵《みじん》も出してはいなかったが。

長い棒を構えた少女が、読子を睨《にら》んだまま口を開く。

「我ら、〝おばあちゃん〟親衛隊。私は静《ジン》」

「帆《ファン》」と、三節棍の少女が続く。

「薇《ウェイ》」と鉄球が。

「琳《リン》」とポニーテールが。

一拍の間をおいて、四人が口を揃《そろ》えた。

「人呼んで、五鎮《ごっちん》姉妹」

「ごっちん……？」

読子はふるふると首を動かし、人数を確認した。

「四人しかいませんが……？」

痛いところをつかれたように、帆が顔をしかめる。

「うるさいっ！　四人で五人ぶん強いから、いいんだっ！」

「あ～……ひどお～い……！」

間延びした声が聞こえてきた。その声は、四人の張りつめた空気を微妙に揺らがせる。

遅れてその場にやってきたのは、頭の両側に髪をまとめた少女だった。彼女も、食事の時に見た顔だ。今は背中に、ちゃぶ台のように大きな丸い板を背負っている。

「みんな、脚速い～……」

「茜《シー》ちゃんが遅すぎるのです」

冷徹に、琳が切って捨てる。

「どーせ胸が重くて遅くなったんでしょー。どんくさー。ダメっぽー」

薇が追い打ちをかける。

「薇ちゃん、琳ちゃん、ひっどーい……それでも姉妹？」

「そんな裏切り胸の妹を持った覚えはない。……って帆ちゃんが言ってるしー」

「言ってないぞっ！」

薇の軽口に、帆が顔を赤くして反論した。言われてみれば、他の四人の胸は確かに小さい。というか平たい。そのぶんを独《ひと》り占《じ》めしたかのように、茜の胸は人並み外れた大きさだ。読子もそれなりのボリュームを持っているが、それ以上である。

「胸がなんだっ！　そんなもの、小さくても立派に生きてった人はたくさんいる！」

「あー。そういえば、この人の胸もおーきかったねー」

疲れたのか、気がゆるんだのか。薇が鉄球を回すのを止めた。

自分のことだと気がついて、読子はつい胸をおさえた。ということは、気を失っている間に身体検査をしたのは、彼女たちだったのか。

「……茜ちゃんと、いい勝負でした」

気のせいだろうか。琳の視線が鋭くなったような気がした。

「え～……この人のほうがおっきいよ～……」

なまじ四方からびしっと囲んでいるため、どこに割って入ればいいのかわからない。茜はおろおろと姉たちの間を行ったり来たりと、鬱陶《うっとう》しく動いている。

「許せんっ。おまえや茜みたいなヤツがいるから、みんなが迷惑するんだっ！」

「帆ちゃん、やっぱ気にしてるー」

「いいかげんに、しろっ！」

沈黙を守っていた静が、妹たちを一喝《いっかつ》した。

「おばあちゃんが呆《あき》れていらっしゃるぞ！」

当のチャイナは、本棚《ほんだな》によりかかってニヤニヤと笑っている。

「ううん、笑ってるだけ。いいから続けて」

「あのー……チャイナさん、この人たちは……？」

読子が思わず問う。

「だから言ったでしょ。あたしの親衛隊」

「親衛隊……？」

静が棒《ぼう》を握りなおし、改めて口を開く。

「そう！　人呼んで！」

残りの四人が、それに続いた。

「五鎮姉妹！」

「……まい～……」

微妙に遅れて、姉たちから険しい視線を向けられるのは無論、茜である。

「ごっちん……」

再度その言葉を咀嚼《そしやく》した読子は、茜の背負っている板の形状に気がついた。色は他と同じく黒だが、円の中央に小さな球体がついている。そこを中心に、表面に紋様《もんよう》が彫り込まれていた。ずっと昔に、これとよく似たものを見ていたことを思い出す。大きさは異なるが、学校の授業で何度となく使用したあれは……。

「……文鎮《ぶんちん》！」

「その通り。我らは文鎮を自在に操る者。おまえの紙など、最初から我らの下に組み敷かれる運命なのだ」

どこか得意げな様子が、静の言葉に混じる。

しかし、静の棒や茜の円板はまだ文鎮のイメージを守っているが、帆の三節棍《さんせつこん》や琳の串《くし》は如何《いか》何《が》なものか。単なる武器、暗器でよいのではないだろうか。薇のハンマーに至っては、論外としか言いようがない。

それにしても、筆を使っていた筆村《ふでむら》といい、墨《すみ》を吐いていた墨蕾《ぼくえい》といい、読仙社のエージェントにはなにか暗黙のルールでもあるのだろうか。紙使いの読子も、人のことは言えないが。

「おばあちゃんにも、おばあちゃんの本にも手を出すことはあたしらが許さないっ！」

「今のアナタはー、飛んで火にいる夏の虫ー」

「覚悟を決めてください」

「ね〜みんな〜。私、どこに入ればいいの〜……？」

姉たちのタンカを、茜が台無しにする。

「スミっこでも行ってろよっ！　おまえはどうせ防御《ぼうぎょ》担当で、今は出番ないだろっ！」

帆の強い口調に、茜が目を潤《うる》ませる。

「あっはっはっは……」

チャイナは愉快そうに笑い、四人に武器を下げさせた。

「読子ちゃん。興味があるのはわかるけど、今は読ませてあげられないわ」

「はぁ、すみません…………今は？」

五姉妹が、チャイナの左右に分かれて立った。警戒の視線は緩《ゆる》まない。

「そう。さっきの続きだけどね。ここにあるのは、あたしの覚えている限り、真実を記したもの。あたしはこれを、キチンと人間に伝えたいの。その上で、これからどんな世界が生まれるのかを知りたいのよ」

読子を見上げてくる視線は、真摯《しんし》なものだった。

「そのためには、グーテンベルク・ペーパーを渡すわけにはいかないし、……できれば、あなたにも味方になってほしいわ。そしたら、ここにある本をどれでも好きなだけ、読ませてあげる」

読子は改めて周囲を見渡した。膨大《ぼうだい》な量の未読本。これを前にして迷わない愛書狂《ビブリオマニア》がいるだろうか。それに、一〇〇%を信じたわけではないが、ここまでチャイナが続けてきた話は、今までの価値観を揺るがせるに十分なものだった。

「………………………………」

読子の迷いを見てとって、チャイナが微笑した。

「考えをまとめる時間も必要だろうし、返事は後でいいわ。まあ、ゆっくりしてってよ」

その笑顔は妙に、読子の頭に残った。

冷たい。

そう感じたのが、最初だった。

まず頬《ほお》。次に腕。胸。腰。脚。

ひやりとした感触が、広がっていく。

ナンシー・幕張《まくはり》はゆっくりと目を開いた。

暗い部屋だ。灯《あか》りは天井からぶら下がる電灯のみ。それほど広くない。壁際に何個も木箱が積まれている。

倉庫……？　混濁《こんだく》した意識がまとまってくる。

文房四宝館《ぶんぼうしほうかん》で、墨蕾を倒した。グーテンベルク・ペーパーのプレートを持って脱出しようとした時、突然眠気に襲われて……。

しくじった。敵の手に、落ちたのだ。

「…………………………」

身体《からだ》に広がっていたのは、床の感触だった。金属だ。

のろのろと、上半身を起こしていく。その動きで、自慢の乳房《ちぶさ》が揺れた。

「？」

着慣れた、レザースーツが無かった。身につけているのは下着だけだ。

「…………」

〝なにかをされた〟痕跡《こんせき》はない。用心のために、スーツだけ剝《は》ぎ取られたのだろうか。それにしても……。

「き、きがついた……か……」

「!?」

部屋の隅《すみ》に、影に隠れるように男が座っていた。人民服《じんみんふく》に短髪、黄色人種でありながら肌がやけに白く見える。ガラス玉のような瞳で、ナンシーを見ていた。

「誰……？　……読仙社でしょうけど……？」

「が、凱歌《がいこー》……」

ナンシーを見ているのか、いないのか。瞳はやけに無機質だ。

「読子は……？」

「……べ、別の場所に……いる……」

消え入りそうな声だった。それだけに、力が量りしれない。

「お……おまえは……ひとじちだ……」

「人質？」

「あ、あの女が……おばあちゃんの言うことを聞かなかったら……おまえは……こ、ここで死ぬことになってる……」

ナンシーは左右に視線を走らせた。他に人影はない。どうやら見張りはこの男だけのようだ。死を宣告されても、ナンシーに怯《ひる》むところはない。自分の〝沈む〟能力は絶対だ。どこであろうと、脱出してみせる。加えて見張りが一人なら、楽勝に近い。

「グーテンベルク・ペーパーは……？」

「か、返してもらった……」

脱出し、大英図書館に連絡を取るか。読子の救出には応援が必要だろう。

「お、おまえの考えてること、わかってる……」

ナンシーの心中を見透かしたように、凱歌が呟《つぶや》いた。

「に、逃げられない……逃がさない……お、おまえの能力は、知ってる……」

「あら、そう？」

ナンシーは、驚きを隠すために、わざと余裕《よゆう》のある口調を作る。

「じゃあ、どうやって捕まえる気かしら？　私の名前は〝ミス・ディープ〟。潜れないものはないわよ」

凱歌の肩が小さく震えた。く、く、く、と息が漏《も》れ聞こえた。笑っているのだ。

「お、お似合いだ……」

「なにが？」

「お、おまえの名前……ここはおまえの名前のとおり、〝深海《ディープ》〟なんだから……」

ナンシーは、思わず息を呑《の》んだ。

東シナ海の深度一〇〇〇メートル。改ロメオ型潜水艦頂《ディン》一号。その船室が、今ナンシーがいる場所だった。

周囲はもちろん深海だ。艦内から飛び出しても、水面に出るまで息が保《も》たない。水圧もある。水温も低い。数分と経たない間に、絶命する。

「…………………」

ナンシーは言葉を失った。無敵に思えた自分の能力にも、欠点はある。しかし敵がこれほど大がかりに、その欠点をついてこようとは思わなかった。

「さ、酸素タンクを奪おうとしても……無駄《むだ》だ……最初から、つ、積んでない……」

思いつく前に、そのアイデアもうち砕《くだ》かれた。

「どうしてよ……？　潜水艦には必需品《ひつじゅひん》じゃないの」

「ぐ、軍ならな……この艦は、あくまで読仙社のものだ……初めから、覚悟はできてる……」

ナンシーを逃がさないために。事故の可能性をあえて抑えつけ、救命道具も地上に置いてきたのだ。あまりにも、無茶すぎる。

ナンシーは、頬《ほお》に感じた床よりも、冷たいものを凱歌に覚え始めていた。

「イカれてるわ……」

「お、お互いさまだ……」

凱歌が、視線を落とす。

「…………………」

腕を組み替えて、ナンシーは胸元を隠した。状況が状況である。下着姿であることに恥じらいはないが、さりとて無駄《むだ》に敵の目を楽しませることはない。

……いや、むしろ。それで隙《すき》は作れないだろうか……？

権利団体がどう騒ごうと、エージェントにとって〝女であること〟はある種の武器である。生き延びるためなら、それを使うことにためらいは無い。死ねば、ためらうことすら許されなくなるのだ。

それだけの動作を見て、凱歌がまた口を開く。

「………気に、するな……」

「お、俺は……女で、興奮しない……」

その真意を量りかねるナンシーに、凱歌は説明する。

「き、きんたまを……切り落としてある……」

「!?」

衝撃の告白であった。直接的な単語が、ナンシーを黙らせる。

「こ、声を……保つために……」

ナンシーは知らないが、凱歌の能力は歌によって紙を操ることである。故に彼は、声変わりを防ぐべく、男性ホルモンの分泌《ぶんぴつ》を止めようと考えた。その結果として、手術で睾丸《こうがん》を除去しているのだ。

例のない話ではない。朝廷《ちょうてい》に仕える合唱団の少年たちは、その美声を保つために同様の手術をした、との記録もある。

とはいえ、現代でそこまでする人間はいない。特殊能力を維持する、という目的があるにしろ、強固な意志が無ければできるものではない。

「お、俺はもう……女に……興奮しない……」

すっ、と凱歌の瞳に影が走った。

この時、彼の脳裏《のうり》にどんな女の姿がよぎっているのかは、ナンシーにわかるはずもない。

「だから……お、おまえは……逃げられない……」

言いきる凱歌に、ナンシーは戦慄《せんりつ》した。

こいつは、墨蕾よりも恐ろしい相手かもしれない。

床のみならず、部屋の空気が温度を下げた気がした。


フィリピン。マニラ。

活気のある街には、活気のある酒場があり、活力に満ちた男たちが集まっている。

そこからあふれ出る猥雑《わいざつ》なエネルギーは、秘密をカモフラージュするのに絶好の防御壁《ぼうぎょへき》となる。その内容の善悪に拘《かか》わらず。

ドレイク・アンダーソンは、そんな酒場〝掟《おきて》〟にいた。賑《にぎ》やか、というより騒々しい部類に入る店だ。

まだ夜も更けていないのに、酔っぱらいはそこらじゅうにいる。床に転がっている者までいる。洋楽らしき曲が店内にかかっているのだが、笑い声と怒声《どせい》とその他の声でほとんど聞こえない。

静寂を愛し、平穏を好むドレイクとしては、こういう酒場は極めて居心地《いごこち》が悪い。だが、仕方がないのだ。ここで、特殊工作部の現地工作員と接触する段取りになっているのだから。

ざっと見渡しても、客層は多種多様だ。サラリーマン、タクシーの運転手、学生に毛の生えたような若者、明らかに闇商売らしきチンピラ、他国の観光客、それを目当てにした娼婦《しょうふ》、誰もが大なり小なりの欲望をポケットからこぼしながら、グラスをあおっている。

ドレイクはビールを注文し、少しだけ口をつけただけである。ここに来たのも任務のうちだ。酔っぱらうわけにはいかない。

英国で集めた傭兵《ようへい》仲間は、近くのホテルで待機している。ドレイクがここで現地工作員に接触し、ジョーカーが手配した潜水艦に乗り込む段取りを決める。そういう手順になっている。

ビールの泡《あわ》が完全に消え、外見上は馬の小便とまったく区別がつかなくなった頃。

「あんた、ドレイクさん？」

ようやく声がかけられた。

無言で振り向くと、男が一人、置いてあった。

「…………」

男は浅黒い肌だが白人で、適当に伸ばした髪を無造作《むぞうさ》に結び、派手な柄《がら》のシャツを着ていた。そして、立ったままでも座ったドレイクと目線が変わらないぐらい、小柄《こがら》だった。

「小さいだろ？　わかってんだ。でもコイツが仕事にゃ便利なんだよ」

男は握手の手を差し出した。ドレイクのそれに比べると、モミジの葉のようだった。

「アーロンだ。オフクロが旧約聖書のモーゼの兄から名付けた。どうでもいい話だがな」

力と勢いのこもった握手を〝しかけて〟きた。

「ドレイク・アンダーソンだ」

「知ってるよ。他の連中は？　俺もビールをもらおうか」

最後の言葉は、通りがかったウェイトレスに向けられたものだ。

「ホテルで待機してる。……一人を除いてな」

アーロンは向かいの椅子《いす》に、ちょこんと上った。日本で見た、腹話術《ふくわじゅつ》の人形のようだ。

「その一人は？　一緒に来てるのか？　まあいいや。八時間後、夜中の三時半に港に全員集合だ。そこから沖までボートを出す。沿岸警備隊に見つからないようにな」

やたらと早口だ。エネルギーの変換率がいいのだろうか。

「沖にはヴィクトリアスが待機してる。あんたらを積み次第、東シナ海へ向かう。時間厳守《げんしゅ》だ。遅れるなよ」

「わかってる」

店の中央が騒がしくなってきた。ケンカでも始まったのだろうか。ドレイクの中で、ふつふつと嫌な予感がした。

「オーケー。俺の任務はここまでだ。……ああ、ビールと一緒にツマミを頼めばよかったな。オフクロに言われてるんだ。空きっパラにアルコールは身体《からだ》によくないってな」

「ドレイーク！」

突然、店の中央から声が投げつけられた。その声にやや遅れて、一人の男が飛んできた。比喩《ひゆ》ではなく、文字通りに宙を飛んできたのだ。

「！」

男はドレイクとアーロンのテーブルに着地した。不時着だった。顔面から不自然に突っ込み、ただでさえボロだったテーブルをスクラップに変えた。

鼻血を出し、ひくひくと脚を痙攣《けいれん》させる男を見て、アーロンは目を丸くした。

「なんだぁ!?」

「……知り合いか？」

ドレイクは、首を横に振る。

「……こいつのほうが知り合いだったら、どんなに気が楽か……」

「ドレイーク！　ごめん、ぶつからなかった？」

人の波をかきわけて、背の高い女が現れた。高いだけではない。全身の筋肉がしなやかに鍛《きた》えあげられている。外観は三〇代後半といったところか、ブロンドの白人である。声からすると、ドレイクの名を呼んだのは彼女のほうだった。

「幸いな。……だがまったく無傷なわけじゃない」

テーブルから落ちたビールは、ご丁寧《ていねい》にもドレイクの股《また》にぶちまけられていた。これではまるでお漏《も》らしだ。

「グロリア、人間を投げるのはやめろ。少なくとも任務以外ではな」

「それが聞いてよ、ドレイク！　このクソ野郎ったら、ジョナサンの写真を見てなんて言ったって思う？　『幾らで売る気だ？』って言ったのよ！」

グロリアと呼ばれた女は、手にした一枚の写真を、興奮気味に震わせる。そこには、一五、六歳ほどの少年が写っていた。繊細《せんさい》そうな、なかなかの美少年だ。

「許せない！　あたしの息子を男娼《だんしょう》扱いするなんて！　ほらいつまで寝てるの、しゃんと立って、さっさとウチへ帰りな！」

グロリアは痙攣《けいれん》している男を持ち上げて、店の中央へと〝投げ戻した〟。

唖然《あぜん》としているアーロンに、ドレイクが彼女を紹介した。

「……グロリアだ。今回のチームの一人だ。こいつはアーロン。ここの工作員だよ」

「よろしくね、アーロン」

「よろしく……」

シャツから覗《のぞ》いた腕に、細かい傷が見える。左腕の力瘤《ちからこぶ》にはハートマークと十字架をあしら

った、「ジョナサン　フォーエヴァー」の文字が入《い》れ墨《ずみ》されている。

「取り扱いを説明しておく。彼女は俺の先輩で優秀な傭兵《ようへい》で、息子のジョナサンを溺愛《できあい》している。彼の悪口を言ったりからかったりすると、さっきの男のような目にあうから気をつけろ」

「やめてよ、人聞きの悪い。さっきの男がイカれてるのよ。ジョナサンの美しさに嫉妬《しっと》したんだわ。きっと愛される素晴らしさを知らずに育ったのよ」

ケラケラと笑うグロリアである。

「……加えてコイツは、お喋《しゃべ》りで大雑把《おおざっぱ》で自己&息子中心主義という、中年女性特有の欠点も兼ね備えている。軽い酒乱癖《しゅらんぐせ》もある」

「……なんでそれで、〝優秀な傭兵〟なんだ？」

「……兵士としての能力が、すべての欠点を上回っているからだ」

小声で話す二人の間に、グロリアがジョナサンの写真を挟《はさ》み込む。

「ねぇ、アーロン。あなたはどう思う？　ウチのジョナサンを見て」

突きつけられた心理テストに、アーロンが困惑する。

確かに男前な少年だ。しかもいい服を着ている。

「カリフォルニアの、全寮制の学校にいるの。こないだの手紙で『将来は、医者になりたい』って書いてたのよ。奉仕と博愛《はくあい》の精神だわ、なんて立派な子供に育ったんでしょ。夢を叶えてあげるためにも、あたしががんばらなくちゃ」

正直、彼の幸福な状況には嫉妬《しっと》を覚えるアーロンだが、それをそのまま伝えると、さっきの男の二《に》の舞《まい》だ。いや、小柄《こがら》なアーロンなら通り一つ隔《へだ》てた向かいの店まで飛ばされることだろう。

「……………………………………ジョナサン、は」

「んん？」

グロリアが、緊張しているアーロンを見下ろした。

「……旧約聖書《きゅうやくせいしょ》のヨナタンからきた名前だ。『神は与えたもう』の意味がある。……きっと、幸福な人生を送れるよ」

「！」

喜びで顔を満たしたグロリアが、思わずアーロンを抱え込む。

「あんたいい人だわ、アーロン！　今日は出会いを祝って飲みましょう！」

「飲んじゃダメなんだ！　八時間後に任務があるんだぞ！」

抱きこまれたアーロンの視界は、ほとんどがグロリアの身体《からだ》で埋まった。

ほんのわずかに残った隙間から、やっとビールを運んできたウェイトレスが見えた。ジョッキをどこへ置けばいいのかわからずに、困惑して立ちつくしていた。

ジョーカーは途方に暮れていた。

場所は大英図書館特殊工作部の専用室、彼がとてつもない努力で確保した城である。この城も、近日中に誰かに明け渡すことになるかもしれない。誰か――名前も顔も知らない、後任者に。

この二日間、読子から連絡がない。

ナンシーからも定時報告がない。

二人が接触したことはわかっている。故宮《こきゅう》に潜入したことも知っている。

だがその当日、故宮で火災騒ぎがあった。原因は間違いなく読子とナンシーだろうが、詳細《しょうさい》は政府当局が曖昧《あいまい》にごまかしたままである。連絡は、そこで途切れた。

一応、二人に非常用の発信器は渡してある。監視衛星で捜索《そうさく》もしている。しかし手がかりは得られないまま、四〇時間が過ぎてしまった。

対応策を考えていなかったわけではない。一応、台湾《たいわん》に支援部隊を待機させてはいる。しかし今、それを投入していいものか。それを判断しかねているのだ。

その一方で、ドレイクを中心にした傭兵《ようへい》部隊には予定どおり作戦を進めさせている。こちらは原潜《げんせん》まで持ちだしている。止めようがないのだ。

ついさっき、ジェントルメンから催促《さいそく》があった。事態の進展を聞かれて、ジョーカーは「エージェントとの連絡が困難となっています」と報告した。

どうとでもとれる内容だ。任務を現在遂行《すいこう》中のために連絡がとれない、と解釈することもできるし、実際、その可能性も潰《つい》えたわけではない。

しかし、その言葉はジョーカー自身を騙《だま》せないように、ジェントルメンにも効《き》き目は無かった。ジェントルメンは痰《たん》でもからんだように喉《のど》を鳴らし、「次は明確な報告を用意しておけ。政治家のような答弁を使うと、政治家のように首を切り落とすぞ」と吐き捨てた。切り落とす、という言葉から直接的な行為を連想し、ジョーカーは肝《きも》を冷やした。

わめき散らし、散乱している書類を破り捨て、部屋を飛び出していきたい衝動にかられる。大きな野望には、相応の苦闘がつきまとう。ジョーカーはそれを実感していた。日増しどころか分刻みでプレッシャーが大きくなっているのだ。

息をつき、机の上に視線を落とすと、未整理の書類の下から『ネイバーズ』が見えた。

「…………」

この新聞の記者、ジョエル・グリーンは今日、行方《ゆくえ》不明になった。これからもずっと、行方不明のままだ。失踪《しっそう》記事はこの『ネイバーズ』に載るのだろうか。

命令を下したとはいえ、ジョーカーとしては無理に命を奪う気は無かった。買収《ばいしゅう》か、脅迫《きょうはく》に乗ってくれれば、どちらでもよかったのだ。それが、逃亡しようとするから、銃まで使うことになった。

そう、どちらでもよかったのだ。ジョエル・グリーンが生きていようが、いまいが。目下《もっか》ジョーカーが直面している事態に比べれば、どうでもよかったのである。

「…………………………」

そこまで考えて、ふと気づく。

では、〝どうでもよくない〟人間などいるのだろうか。現実の世界で、代わりのいない人間はいない。極端な話、国の指導者や偉人やカリスマが死んでも、地球は普通に回るのだ。そしてそれは、自分も同じなのである……。

ジェントルメンが、いつまでも自分を赦《ゆる》すはずがない。ジョーカーは知っている。あえて、その事実を考えまいとしているだけだ。

だがいずれ、その時は来る。ジョエル・グリーンが部屋で急に襲われたように唐突《とうとつ》に。こうしている今すぐにでも部屋の扉が開き、見たこともない男たちが入ってきて「ジョーカーさん、ジェントルメンの勅命《ちょくめい》です。あなたはこの瞬間をもって解雇《かいこ》されました。なにも持たずに、部屋を出ていってください」と言うかもしれないのだ。

冷や汗が流れた。それならまだいい。有無《うむ》を言わさず部屋を連れ出された後、この中を整理されたら。引き出しの奥にしまった、〝あのテープ〟を発見されたら……。

英国に自分のいる場所は無くなる。

ジョエル・グリーンと同じように、〝永久行方不明《ゆくえ》〟のレッテルを貼られるのだ。

「…………………………」

ならば、やることは決まっているではないか。

英国のためでなく、自分のためにやるべきことは。それは、なりふり構わない保身だ。

そこまで考えると、一気に頭の中の霧《きり》が晴れた。

引き出しを開け、極秘《ごくひ》のポケットから受信機を探り出す。この中には、ジェントルメンがフアウストとかわした会話が記録されている。

絶対権力を握るジェントルメンが、この会話でなぜ意見を翻《ひるがえ》したのか。その秘密が収まっている。

今日まで、それに触れる勇気はジョーカーの中になかった。だがしかし、事態は変転している。しかも、彼にとってきわめて悪い方向に。

この道を進めば、どうせ破滅が待っているのだ。大切なのは覚悟である。覚悟を決めることだ。

「ふうっ…………………………」

ジョーカーは長く息をつき、イヤフォンを耳にさしこんだ。

一度決めてしまえば、これだけの行動がなんと簡単なことか。

目を閉じ、〝再生〟のスイッチを入れる。

ほどなくして、彼の耳の中で、二人の男が語り始めた。

「しつれい、しまーす……」

ウェンディ・イアハートは注意深く、ジョーカーの私室の扉を開けた。連日の激務と、読子たちの連絡が途絶えたこと。その二点がジョーカーを疲れさせている。

それを知っているから、注意深くなっているのだ。

一応ノックはした。だが、室内から返答はえられなかった。前にもこのケースで入室して、ジョーカーに軽く注意されたことがある。

出直そうかとも思ったが、万が一のことを考えて入ってみることにした。もし、彼が倒れでもしていたら、と心配したのだ。

はたして、ジョーカーは自分の机にいた。

目を閉じて、耳にイヤフォンをさしている。これで、ノックの音が聞こえなかったのだ。

「あのー……」

おそるおそる近づいていくが、返答も反応も示さない。

「ジョーカーさん……？」

机ごしにウェンディが立つと、ようやく彼は薄目を開けた。

「…………………やぁ、ウェンディ君」

遠い旅か、深い眠りからでも戻ったような、懐《なつ》かしげな声を出す。

「すみません。お休みでしたか？」

「……いいえ。ちょっと気分転換にあるものを聞いていただけですよ」

「音楽か、なにかですか？」

ジョーカーはイヤフォンを外し、引き出しの中に放った。無造作《むぞうさ》に〝消去〟のスイッチを入れる。

「ちょっとした、笑劇《しょうげき》みたいなものです」

大きなあくびをして、ウェンディに向き直る。

「失礼。で、なにか用ですか？」

ウェンディは、思ったほどジョーカーが憔悴《しょうすい》していないことに安堵《あんど》して、報告書を読み上げる。

「ドレイクさんのチームが、ヴィクトリアスに乗船したとの報告が入りました。現在、南シナ海からルソン海峡《かいきょう》を越え、東シナ海に向かっているとのことです。……計画の変更を問い合わせてきていますが？」

ジョーカーは眉《まゆ》を指で押さえた。苦悩や困惑などではなく、ただ疲れをほぐしている、といった仕草だ。

「……いえ。このままで行きましょう」

「はぁ……読子さんたちからは、まだ連絡がありませんが？」

「心配は無用ですよ。彼女なら、本に夢中になって〝ただ忘れているだけ〟という事態も十分に、ありえます」

それはそれで心配の種だろうが、ウェンディは微笑した。

「そっ、そうですねっ。……読子さんが、そう簡単にやられるわけないですよねっ！」

「そうですとも。我らの仲間、ザ・ペーパーを信じようじゃありませんか」

引き出しの奥の暗がりで、データの消去を示す赤ランプが点滅し、消えた。

「……ところで、あの作家先生はどうしてますか？」

「菫川先生ですか？　今日は体調がおもわしくないって、おウチで寝てます。……で、あの。できれば早退届けを出したいんですが……」

幾分の心苦しさを感じながら、ウェンディは言った。

「……ああ、ええ。いいですとも。それは確かに心配でしょうしね。結構です。書類を提出して、帰ってくれて構いませんよ」

ジョーカーの優しい口調に、ウェンディは頭を下げた。

「はいっ！　ありがとうございますっ！」

どうやらジョーカーは完全に復調したらしい。さすが、特殊工作部を取り仕切る責任者は違うものだ。

ドアに向かおうとしたウェンディの背に、声がかけられる。

「失礼。その前に。熱いお茶を一杯もらえると、とても嬉《うれ》しいのですが」

「え？　あ、はいっ！　直ちに、お運びいたしますっ」

ドアノブに手をかけて、ウェンディが止まった。

「……どうか、しましたか？」

「いいえ。ジョーカーさんこそ、なんだか午前中とは別人ですよ」

「別人？　どこが」

「楽しそうです。……なにか、いいことでもあったんですか？」

顎《あご》に手を当てると、少しだけ伸びた髭《ひげ》の感触があった。

ウェンディの指摘に、ジョーカーは立ち上がり、笑顔で答えた。

「楽しいですとも。……まったく、人生は驚きの連続だ。この世界は、いつも新鮮な感動で満ちている」

芝居《しばい》がかった口調と動作に、ウェンディはくすっと笑った。

「よっぽど、笑劇《しょうげき》がおもしろかったんですね」

そして彼女は、お茶を淹《い》れるためにドアの向こうに消えた。

一人部屋に残ったジョーカーは、笑いを浮かべたまま立っている。しかしその笑みは、次第に冷笑にと変わっていく。

「……まったく。この世は巨大なジョークですよ。悩むより、そのジョークにまみれるほうがどれほど建設的か」

彼の独《ひと》り言《ごと》を聞いている者はいない。

誰かが、この部屋に盗聴器でもしかけていない限り。


長く、遠い夢を見ていた。

夢の中で彼は、愛した女と一緒にいた。

女は彼を頼り、彼は女に癒《いや》された。

原始的で、幸福な関係だった。


「……………………………………………………」


ジェントルメンは、豪勢な寝台の上で目覚めた。長さ、幅、共に約四メートル。その中にぽつりと自分の細い身体《からだ》が置かれている。

湖に漂う枯れ枝のようだ。

四隅《よすみ》の柱は屋根を支え、そこからは半透明のカーテンが垂れ下がっている。

防弾《ぼうだん》である。なおかつ、カーテンの中には超微細のセンサーが織《お》りこまれ、侵入者が触れれば警戒信号が発せられる。

安全ではあるが、見方を変えれば牢獄《ろうごく》だ。


「…………………………」


夢を反芻《はんすう》してみる。

そこで見たのは、随分《ずいぶん》昔の記憶だ。記憶の土に埋もれてかけていたものだ。

女と二人だった。

その頃はまだ、文明というものは無かった。寝る場所も洞穴《ほらあな》とか、樹木の下とか、そんなものだった。シーツも、布団《ふとん》も、枕も無かった。

しかしそれでも、安らかに眠っていた。

あの時、彼が持っていたのは、肉体と、衝動に近い野心と、芽生《めば》えかけの智恵と、そして愛する女だけだった。

なのに、今よりずっとずっと幸福に思えるのは、錯覚《さっかく》なのだろうか。

枯れ枝のような身体から生える、小枝のような腕を持ち上げる。それだけの動作に、驚くほどの体力が浪費《ろうひ》された。

ヒビに似た皺《しわ》が走り、斑点《はんてん》が浮かび、折れそうな指が先にしがみついている。

剣の一本も振るえまい。斬撃《ざんげき》の一つも防げまい。

自分は生物として、もう終わりにさしかかっているのだ。どうにか命を永《なが》らえているのは、入念に準備した知力と、富と、権力のおかげである。

だが、そのどれもが死に対しては無力である。

老いること、死ぬということに、量り知れない恐怖がある。

今まで、他の連中が皆この恐怖に立ち向かっていたとは信じ難い。自分より劣っているはずの連中は、どうやってこれを克服《こくふく》していったのか……。

答えはおぼろげにだが、わかる。

連中は、生まれながらにして〝死〟を教えられる。生の行き着くところには、必ず死があるのだと。それは世界の常識なのだ。

だが自分は、自分だけは特別だと思っていた。そして事実、特別だった。

瞬きのように消える他人の人生をせせら笑いながら、ここまできたのだ。〝死〟とは、彼にとって唯一のフィクションだったのである。

そのフィクションが、ついにノンフィクションとなり、彼を襲おうとしている。

寝台から車椅子《くるまいす》へ。車椅子から寝台へ。

この生活なら、あと一〇〇年は生きられるだろう。だが、これまでの人生に比べればそれは、一瞬に等しい。そもそもこんな身体《からだ》で、なにができるのか。

この苦悩《くのう》への対策を、してこなかったわけではない。

医学、薬学、生物学に魔術に妖術、錬金術《れんきんじゅつ》に遺伝子工学と、あらゆる手段で延命や不老不死《ふろうふし》を研究させた。

しかしどれも、決定打となりうるものは無かった。

ただ一つ、可能性を秘めているのがグーテンベルク・ペーパーである。

あの紙一枚に、ジェントルメンの最後の希望が乗っかっている。しかしそれは、今敵の手中にある……。

取り戻さねば。

腹の底からそう思う。そもそもその基《もと》となった黒魔術も、彼自身が広めたものなのだ。多種多様の流派を組み合わせ、新たな術を編み出した功は他にあろう。だが自分がいなければ、それは生まれもしなかった。人類自体が、彼の指導無しでは今の世を築きえなかったに違いないのだ。

故に、グーテンベルク・ペーパーは自分にこそ相応《ふさわ》しい。あの大陸のあの女になど、渡すわけにはいかないのだ。

あの女は。

グーテンベルク・ペーパーを使って更に永《なが》く、生き続けるだろう。そして、彼が築いたものを全て、横からさらっていくのだ。

腹の中でふつふつと、重い怒りが燃えている。

取り返さなければ、ならない。

もう手段を選んでもいられない。その余裕もない。

「…………………………………………」

あの幸福な時代から、なぜここへとたどりついてしまったのかはわからない。

だが、彼の力を以てしても、時を戻すことはできない。ならば、前に進むだけである。

ジェントルメンは、寝台の屋根にあるセンサーを見た。

一〇秒以上見つめると、それは作動して、別室のスタッフにジェントルメンの起床《きしょう》を伝える。三〇秒と経たない間に、彼らはやってくる。

その足音を待つ間に、ジェントルメンは自身の変化に気がついた。

両目の脇に、涙の線が引かれていた。もう何世紀も流していなかった液体が、その痕跡《こんせき》をくっきりと残していた。寝ている間に、彼は泣いていたのだ。

ジェントルメンは静かに、それを擦《こす》り落とした。

「グッドモーニング、ミスター・ジェントルメン！」

車椅子《くるまいす》を押すスタッフと、メイドたちが寝室に入った時。

ジェントルメンの顔から、夢の名残《なごり》は完全に消えていた。


どこにいても、すぐにわかる。

それが、筆村嵐《あらし》という男の特徴だ。

荘栄《しょうえい》出版、ノベルス編集部の若手編集者、飯塚《いいづか》は先輩からそう教わった。

最初のうちあわせで喫茶店《きっさてん》に出向くと、メニューを端から順に注文してその全てを貪《むさぼ》り、さらに〝折り返して〟食い続けている男が筆村だった。

街頭で待ち合わせると、大声で携帯《けいたい》電話を使う若者に辛抱《しんぼう》できず、そいつを縛《しば》って木に吊《つる》していた。

編集部に呼ぶと、途中、〝偶然〟前を逃げていた銀行強盗をタクシーに追いかけさせ、あげくのはてに窓から賊《ぞく》の車に飛び移って電柱に激突させた。これは褒《ほ》められる話なのだが、なぜか駆けつけた警察を見て筆村は賊より早く逃げ去った。理由を訊《たず》ねると「聞くな！」と一言叫んだ。なにか、作家活動の裏で後ろ暗いことをしているのかもしれない。

とにかく、上の意向で彼の本をもう出版しない、と決まった時、飯塚は生まれて初めてガッツポーズを取った。担当編集としてはあるまじき行動だが、筆村につきあうことは精神的、肉体的に己をすり減らす苦行《くぎょう》なのである。

平和な日々は半年続き、終わった。

荘栄出版の社長が急死したのである。代わって社長になったのは、先代の息子だった。広告業界でプランナーとして活躍していたのだが、「お父さんの会社を守っておくれ」と母に頼まれて、社長に就任《しゅうにん》した。

そこまではいい。だが問題だったのは、この新社長が筆村の熱狂的なファンだったということだ。

彼は就任したその日に、筆村に新作を執筆させるように命じた。そして、その日のうちに社内で孤立した。「会社を守る」ということと「筆村の新作を出す」ということの間には、暗くて深い溝《みぞ》があるのだが、外部から来た彼は気づいていないようだった。あるいは、知っててあえて無視しているのか。だいたい、筆村のファンにまともな人間はいないのだ。

社長から直々《じきじき》に命令され、飯塚は沈痛な顔で筆村の携帯に電話をかけた。繋《つな》がりませんように、と願いながら。

すぐに繋がった。

事情を説明すると、電話の向こうから爆発音が聞こえてきた。落ち着いて聞くと、筆村の笑い声だった。あまりの激しさに、受信状況を示す表示棒が一本消えた。

筆村は成田《なりた》空港にいる、とのことだった。ちょうど取材を終えて、中国から帰国したところだった。金が無いので歩いて帰ろうと考えていたらしい。すぐに迎えに来い、と命令された。逆らえるワケもなかった。

これから始まる憂鬱《ゆううつ》な日々を思って、飯塚がやけに暗い会社の玄関を出ようとした時、同僚《どうりょう》の女性社員が、蛍光灯《けいこうとう》を交換していた。

踏み台になっていたのは、筆村の前作『筋肉令嬢一〇〇万ボルト』の返本だった。

どこにいても、すぐにわかるのである。

成田空港のロビーに着くと、待ち合わせの椅子《いす》に筆村が座《いす》っていた。

「おう！　来やがったか！」

声をかけられた飯塚に、周囲の目が集まる。この男の知り合いだということで、興味を持たれているのだ。

「先生……ですよね？」

飯塚は、思わず確認してしまった。筆村は焼けこげ、ボロボロの僧衣《そうい》を身にまとっていた。その頭髪はチリチリのパンチパーマ状になっていた。髭《ひげ》、眉毛《まゆげ》も同様だった。そして傍《かたわ》らには巨大な、いや巨大すぎる筆を立てかけていた。

「おうよ。他の誰だと思った？」

「いえ、久しぶりなもので……中国に、なにを？」

筆村は、太い指で顎《あご》をかいた。

「ちょっとな。半分仕事、半分取材ってトコだったんだが。思いがけなくファンとの〝ふれあい〟ってヤツも体験してきた」

少し頬《ほお》を歪《ゆが》めて、脇腹《わきばら》を押さえる。

「つつつつ……脇ヤラれてるんでな」

猛獣とでも戦ってきたのか？　飯塚はそんなことを連想した。

「……まあ、とにかく。新社長がご挨拶《あいさつ》をと言ってますので。タクシー拾って、行きましょう」

「おう。じゃあこれ、読んでろ」

筆村は、懐《ふところ》から紙の束《たば》を取り出し、飯塚に押しつけた。飛行機のパンフレット、コピー紙、旅行案内のチラシ、その他雑多な種類の紙をまとめたものである。

「……なんです、これ?」

「新作よ」

ひっくり返すと、それぞれの紙の裏にはびっしりと文字が書かれていた。筆村はワープロやコンピュータを使わない、昔ながらの肉筆派である。

独特の歪《ゆが》んだ文字が、紙面狭しと並んでいる。紙どころか筆記用具もまちまちで、鉛筆、ボールペン、万年筆にマジックまでもが動員されて、物語を紡《つむ》いでいた。

「ちっと興奮してな。いきなり書いちまった」

「はぁ……向こうで、なんかあったんですか?」

筆村は筆をひょいっと担《かつ》ぎあげ、首を傾けた。

「まあな。行っただけのコトはあったぜ」

飯塚が一枚目に視線を落とす。タイトル部分が、空白になっていた。

「先生、で……タイトルは?」

筆村は眉《まゆ》を動かして考えた。その頭に浮かぶのは、一人の女の姿だった。

「そうだな……『年増《としま》でゴー! 中華の夜に夢みチャイナ!』……ってのは、どうだ?」

「…………………その件は、ゆっくり話しあいましょう……」

二人は並んで、空港出口に向かう。

「また俺と仕事ができるなんて幸せ者だな、おいっ!」

なんでこんなに機嫌がいいのか、筆村が飯塚の肩をバシバシと叩く。

「ええ……この幸せ、誰かに押しつけてあげたいぐらいです……」

飯塚はため息をつきながら、どうか筆村の筆がタクシーに乗るように、乗らなくて先生がタクシーをひっくり返しませんように、と祈っていた。


「どう思います？　あの女」

口火を切ったのは、琳《リン》だ。彼女は的《まと》の中心に刺さった文鎮《ぶんちん》をひき抜きながら、姉たちと妹に問いかけた。

「てんで弱そうだぞ。本当に大英図書館の最強エージェントなのか？」

三節《さんせつ》文鎮を振り回しながら、帆《ファン》が答える。

「最強じゃなくて最〝胸〟だったりして。あはは、あはは、おかしー♪」

「……いや、全然おかしくないぞ」

「うん、わかってるー」

姉妹とはいえ、薇《ウェイ》の言動は時に理解し難い。

「さいきょー……さいきょー……ホントだ、おかしぃ～」

更に輪をかけて理解し難いのが、末っ子の茜《シー》である。にへら、と笑う彼女を、帆と薇が困ったような顔で見つめる。

ここは、読仙社の山の一つ。その岩肌をえぐって作られた修行場である。石畳《いしだたみ》の床、打ち込み用の木像や巨大な鉄球、崖《がけ》の上部から吊《つる》された鎖《くさり》などが見てとれる。拳法のそれと大差ない。屋根は無く、霧越しにうっすらと太陽の光りが射してくる。

帆、薇、琳、茜の四人はシャツにスパッツ、スポーツウエア、ワークパンツなどの活動的なスタイルで、修練に汗《ジン》を流しているのだった。

残る一人、長姉の静は今、チャイナの護衛についている。五人は交代制で彼女を守っているのだ。

読仙社の頭首《とうしゅ》たるチャイナに護衛、というのも他人が聞けば妙に聞こえるかもしれない。滅《めっ》多《た》に見せることはないが、チャイナは拳法の達人だ。そこらの暗殺者など、片手どころか指一本で葬《ほうむ》ることも可能なのだ。

だが、そんな彼女にも秘密はある。ことによっては、致命的ともいえる秘密が。

脱線しそうな話題を、琳が戻す。

「確かに、あの女は茜ちゃんと同じぐらい胸が大きく、同じぐらいあんぽんたんな雰囲気《ふんいき》が感じられます……」

「琳ちゃん、ひどい～」

茜は背負った丸文鎮《まるぶんちん》を、身体《からだ》から外そうとしている。もたくさした動きを見たら、ねねねやウェンディは琳の意見に頷《うなず》くことだろう。

「でも、大英図書館が送り込むようなエージェントです。油断は禁物《きんもつ》です」

「考えすぎじゃないか？　紙持ってなけりゃ、ただの女だろ」

帆が棍《こん》をしならせ、石台の上に置いた柿を弾《はじ》きあげた。柿は正確に、彼女の手元に飛んでくる。

「持たせたって、私ら四人がかりならー、楽勝ねー」

「……なんで四人なんだ……？」

茜が丸文鎮を盾《たて》のように構える。樹からブラ下がった鉄球が、勢いをつけて彼女に向かっていく。

「あひゃああ〰〰〰」

脱力する悲鳴をあげて、茜が後方に吹っ飛ばされる。

「……四人だな」

「四人ー」

一部始終を見ていた帆と薇が頷きあった。

「ひどい〰〰こんなにひどくていいの〰〰？」

茜の、涙ながらの抗議は、三人の姉に完璧《かんぺき》に無視された。

「……ところで。私、静ちゃんは王炎さんのことが好きだと思うのですが？」

唐突に話題を変えたのは、やはり琳だ。

「なにぃっ⁉　そんなバカなっ！」

けたたましく驚く帆が、思わず柿を取り落とす。

「バカなって、なんで気づかないのー。帆ちゃんニっブーい。バカバカー♪」

「⁉　じゃあ薇、おまえは気づいてたのかよっ！」

「あったりまえー。見てりゃわかるしー。はい気づいてた人ー」

薇と琳が手を挙げる。

「気づいてなかった人ー」

帆と茜が手を挙げる。

「ハイ、おとめ組とバカ女組がけってーい！」

指さして笑う薇に、帆が本気で顔を赤くする。

「茜と一緒にくるなっ！」

「帆ちゃん、そんな言い方ないよぅ」

「あるっ！　あたしならこんなもん！」

帆はだだっと走り、つい先ほど茜を跳ね飛ばした鉄球を、

「ホームランだ！」

握った三節文鎮《さんせつぶんちん》で激しく叩いた。その衝撃で、鉄球は大きく上がる。

「…それはそれで、〝おとめ〟とは言いにくい気もしますが……。まあいいです、とにかくお

そらく、静ちゃんはああいう性格ですから口に出さないけれど、王炎さんにメロメロだと思うのですよ」

「メロメロ……?」

なんとなく、首をかしげる茜である。

「ところがですね。……どうも王炎さんは、あの大英図書館のあんぽんたんを気に入っているらしいという情報を聞いたのです。私は」

琳以外の三人が、目を丸くした。

「なんでまた！　敵じゃん、あいつ！」

「やっぱり、胸に惹《ひ》かれたかなー」

「でも、ちょっといいかも……。ロミオとジュリエットみたいで」

夢見がちに瞳を輝かせる茜を、帆が軽く叩いた。

「おまえ、どっちの味方だよっ！」

「いった〜い……」

女子中学生の放課後のような会話が飛んでいる。ジョーカーがこの場所を盗聴したら、さぞかし呆《あき》れることだろう。

「静ちゃんは、私たちの長姉にしてリーダー。武術の腕は超一流でも、恋愛遊戯《ゆうぎ》はからっきしです。ここは一つ、静ちゃんのために、あのあんぽんたんをサッサと抹殺《まっさつ》しちゃおうではありませんか」

過激なことを言っているようだが、彼女たちにとって読子はあくまでも敵なのだ。

「え〜、でも、そんなに悪い人には思えなかったけど〜」

一人、茜が反論の声をあげる。

「それに〜……、おばあちゃんも仲間にほしいって言ってるんだから、別にイジワルとか、しなくても〜……」

「ちぇいっ」

帆が再び、茜の頭を叩《たた》いた。

「いたい〜……」

「だからおまえは、どっちの味方だってんだ！」

「これだから胸の大きい女は信用できないね！」

「茜ちゃんは、姉妹としての愛情が足りません」

散々な言われようの茜である。

「とにかく私たちは、おばあちゃんを守ってあの女を排除《はいじょ》し、ついでに静ちゃんの恋も成就《じょうじゅ》させないとならないのです！」

「ついでなの！？」

薇の突っ込みを、琳は聞こえなかったフリをして無視した。

「さあ、友情を胸に努力を重ね、勝利をつかむことを誓《ちか》いましょう！」

姉妹だから友情ではないと思うが。それでも琳のノリに感化され、四人は手を重ねる。

「文鎮《ぶんちん》の神にかけて！　おー！」

この期《ご》に及んでも茜だけは、まだ釈然としない顔をしていた。

でも、それを言うとみんなからいじめられるので、黙っていた。


「ただいま、帰りましたー……」

ウェンディは、自分のアパートメントに帰ってきた。途中、マーケットに寄ってヨーグルトやミルク、フルーツを買い込んできたせいで、視界は紙袋に遮《さえぎ》られている。

「………ねねねさーん……？」

騒々しい同居人の返答が、今日はない。具合が悪くて寝込んでいるのだから、当然といえば当然なのだが。

一人で喋《しゃべ》りながら、廊下《ろうか》を進む。

「ねねねさーん？　具合はどうですかー？　一応、おクスリと食べ物、買ってきたんですがー……？」

キッチンに到着し、テーブルに紙袋を置いても、返答は無かった。

「お手洗いですか……？」

リビングを覗《のぞ》き込むと、ソファーにねねねが座っていた。

「！　……なんだぁ、いたんなら返事してくださいよ。……具合、まだ悪いんですか？」

そこまで喋《しゃべ》って、ウェンディは彼女の様子が明らかにおかしいことに気がつく。重い表情で黙り込み、ソファーの前のテーブルを凝視《ぎょうし》している。いつものハイテンションからは想像できないほど、静かで暗い。

「ねねねさん……？」

ウェンディは心配げに、ねねねの横に腰を下ろした。

「……ウェンディ……」

ねねねの視線は動かない。テーブルを見つめたままだ。まるでそこに、暗い表情の原因が置いてあるかのように。

「なんです？」

ねねねは突然、ウェンディに向き直った。

「あたし、人を殺しちゃった」

「…………………はい？」

唐突《とうとつ》な言葉が、ウェンディにぶつかってきた。

「……人を、殺しちゃったのよ。さっき……ここに、知らない男が入ってきて……銃を突きつけてきて……あたし、お金を渡して……出ていこうとした時、後ろ頭に……椅子《いす》で殴《なぐ》りかかって……」

とぎれとぎれの言葉を、ウェンディは静かに聞いていた。

「ねねねさん……冗談なら……」

ねねねが、無言でウェンディを見る。切迫した心境が、そこに現れている。

「……………遺体は……？」

「……裏路地の、ゴミ箱に……あと、床の血を拭《ふ》いて……」

ねねねが、部屋の隅にあるタオルを指さす。確かに血らしき、赤い染みが見えた。

ウェンディは、口に溜《た》まっていた唾《つば》を飲み込んだ。

「警察に行きましょう、ねねねさん……」

「…………………………」

黙り込むねねねの肩を抱き、身体《からだ》を引き寄せる。

「だいじょうぶ、正当防衛です。ねねねさんは悪くありません。私も一緒に行きますから」

「いや！」

ねねねは、ウェンディの腕の中で身を震わせた。

「いやよ！　だってどうなるかわからないじゃない！　牢屋《ろうや》に入れられるなんてイヤ！」

「ねねねさん……」

ウェンディの服の袖《そで》が、ぐっと握られる。

「ウェンディ……なんとかならない？」

ねねねは、すがるような瞳でウェンディを見る。今まで見たことのない表情だ。

「なんとかって……？」

「大英図書館の力で、なんとかならない？」

その言葉は、ある種の衝撃をウェンディに与えた。

「……あんたたちって、裏の力があるんでしょ？　紙使いが来た時、警察とかに話してたじゃない。……なんにもなかったことに、できない……？」

ウェンディはねねねの言葉を正確に理解し、黙った。

「なんとか言ってよ、ウェンディ！」

袖《そで》を握った手に、力が入る。ウェンディは、ねねねを見つめて静かに口を開いた。

「……できません……」

「…………………………」

ショックを受けたようなねねねに、言葉を続けていく。

「ねねねさん……あなたがやったことは、罪ではないと思います。自分を守るための、一つの手段です。……でも、それを隠そうとするのは……罪だと思います……」

ねねねは黙って、ウェンディの言うことを聞いている。

「……私たちが、それを隠しても……事実は、ずっと残ります……ずっと、ねねねさんを苦し

めることになります……。誰でも、どんな状況でも、自分がしたことは、自分で責任を取らないといけないんです……それが、生きることだと思うんです……」

ウェンディの中には、一人の友人の姿がある。

祖母のために、古い小説の原稿を盗みだし、その罪を償《つぐな》っている友人、カレン・トーペッドの姿だ。彼女は自分の行動に責任を取ろうとしている。だから、今でも友人でいられるのだ。

ねねねの心情はわかる。なんといっても、彼女はまだ自分より年下、子供なのである。思いがけないトラブルに混乱しているのも理解できる。

しかしだからこそ、今彼女に間違った道を歩かせるわけにはいかないのだ。

「警察に行きましょう、ねねねさん。私がご一緒します。だいじょうぶ、絶対に間違ったことはさせません」

「…………………」

ねねねの目から、涙が落ちた。それは何よりもウェンディを驚かせた。

「……ウェンディっ！」

ウェンディの首に、しがみついてくる。

「ねねねさん……」

泣きじゃくるねねねを、ウェンディはなるべく優しく抱き返す。

「ごめん、ごめんようっ！」

「……いいんです。大切なのは、間違いに気づくことですよ」

「違うのっ！　……ウソなのっ！」

「…………………………………………………………はい？」

耳元で発せられた告白に、ウェンディが眉《まゆ》をしかめる。

「……私、殺してないし、強盗なんて来なかったし、死体なんてないのっ！」

ねねねは泣きながら喋《しゃべ》り続けている。

「……ということは……つまり……」

「全部、ウソっ！」

「！」

ウェンディは、力の限りにねねねを突き飛ばした。ねねねはソファーから転げ落ち、床に大の字になって倒れた。

「つっ、ついていいウソと悪いウソがっ……！　なんなんですか、ソレハっ!?」

怒りのあまり、声が裏返った。ねねねはひぐひぐと泣いたままで、立ち上がろうとしない。

「ごめん……ごめんよう……」

「なんでそんなウソつくんですかっ!?　私、私、本当に心配して緊張してっ……！」

息も荒く見下ろしていたウェンディだが、ねねねが本当に泣いていることに気づく。

「……………ねねねさん……？　どうして……？」

顔を隠した腕の下から、安堵《あんど》の長い息が漏れる。

「よ、よかったぁ……あんた、ウェンディで……」

意味不明の呟《つぶや》きが、ウェンディの怒りをとりあえず心の中心からどかした。

「なんですか、それは？」

うっうっと、まだ肩を震わせながら、ねねねが上半身を起こす。

「……あんたが、『わかりました。まかせてください』ったら……あたし、どこへ行けばいいのか、わからなくなるトコだったよう……」

「……すみません、順序だてて説明してくれませんか？　いったい、なにが……」

言葉が終わる前に、ねねねがのしかかってきた。

「ああっ、ウェンディっ！」

「わーっ！」

盛大に押し倒され、ウェンディはソファーに沈んだ。


「……信じられません……」

どうにか心を落ち着かせ、ねねねは今日あった出来事をウェンディに話した。

ドニーの日記のこと。

ジョエル・グリーンのこと。

彼を殺した男たちのこと。

その言葉に出てきた「ジョーカー」の名前。

すべてを包み隠さず、正直に話した。それが終わった時、ウェンディは腕を組み、眉《まゆ》をひそめていた。

「……それで、私を試そうと思ったわけですか……？」

「……ごめん。でも、あんたまでジョーカー……さんの仲間内だったら……、あたし、ここにいるワケにはいかないし……」

取り出してきたドニーの日記は、テーブルの上に置かれている。

「あんたが、間違いを見過ごすような人間だったら……出ていかないとって思って」

それにしては真に迫っていた芝居《しばい》だ。ウェンディが、人一倍他人を信じやすいせいもあるのだろうが。

「……まあいいです。これは〝貸し〟にしときます」

いつもなら、そんな生意気な返答は許さないねねだが、さすがに今はおとなしい。

「でも……やっぱり、信じにくいです。特殊工作部は、……時々法律スレスレのこともするけど、犯罪までは……。それに、交渉部は大英図書館所属で、特殊工作部とは関係ないですよ。仕入れとかが仕事ですから」

「だって、そう言ってたし」

ウェンディの中にも、ひっかかるものがある。ジョエル・グリーンの件をジョーカーに報告したのは、まぎれもなく彼女なのだ。

彼の行動は迷惑なものであったが、殺していいはずもない。

「……………………」

今日会った、ジョーカーを思い出す。いつもと変わったところはない。疲れてはいたが、なにかを隠していたふうもなかった。

読子に代わって、大英図書館を襲った紙使いに止《とど》めをさしたのはジョーカーだ。しかしあれは、それこそ英国存亡の危機がかかっていた一発だった。新聞記者の口を封じるのとは意味合いが違う。

考え込むウェンディを、ねねねが覗《のぞ》き込んだ。

「ウェンディ?」

「……私だけじゃ、判断できません。ジョーカーさんに直接聞くわけにもいかないし」

それが真実だとすれば、どうすればいいのか。ウェンディは特殊工作部のスタッフである。退職させられるのか、それともより〝深い〟任務にまきこまれるのか……。

「じゃあ、どうする?」

「……一人だけ、相談できそうな人がいます」

「信用できる?」

「はい。私よりずっとガンコで、生真面目《きまじめ》な人ですから」

「おっけー。まかせる。……ウソついて、ごめんね」

改めて、ねねねが頭を下げる。その素直さが、ウェンディには新鮮だった。

「もういいです。事情があったんだから。ただ……」

二人の視線は、ドニーの日記に向けられた。

「これは、……なんとかして、読子さんに渡さないといけないですね」

「うん……」

この時、二人はそれぞれに誓《ちか》っていた。あの頼りない、情けない、それでいて好きにならずにいられないメガネ女のために、この日記を護《まも》ることを。


この世に真実はあるか。

それが真実だと、誰が決めるのか。

世界中の人間が、それを自分で判断するならば。

真実はまさに人の数だけあることになる。

それはたして、真実といえるのか。

思考の堂々巡りであり、答えのない無限問答である。

ファウストは、ペン立てに万年筆を置いた。

根を詰めていたせいで、視界がわずかにぼやけた。

腕を広げて伸びをする。背中の張りつめていた筋肉が、皮膚《ひふ》の下で捻《ひね》られた。

グーテンベルク・ペーパー解読のために、読仙社が用意した部屋にいる。

タイル張りの床に、円柱。窓や壁に複雑に走る格子《こうし》模様は、中国独特のデザインだ。

机に椅子《いす》に灯り、あとは床に積まれた言語学や歴史の資料。

色気のない部屋だが、不思議と落ち着く。

「これでワインセラーとソムリエが備え付けなら、文句はないんだがな」

わざわざ口に出して言ってみる。

というのは、この部屋も大英図書館と同じく監視下にあるからだ。もちろん、カメラや盗聴器の類《たぐい》は見えない。だが彼らは、異なる手段でファウストを見張っているのだ。西洋思想とはまったく違う方法を使って。

机の上に広げた資料に、グーテンベルク・ペーパーがまぎれている。プレートも外した、むき出しの状態だ。ジギーが見たら卒倒しかねない。

ファウストは、この紙自体には強い思い入れがない。大切なのは、そこに記された情報なのだ。

それは、歴史の波をくぐり抜けてきた、という点では親近感も覚える。ファウスト自身が、人類の骨董品《こっとうひん》なのだから。

だが、必要以上にそれを祭り上げる気もない。この世にある物は全て、いずれ塵《ちり》に還《かえ》るのだ。その時までに、役目を果たしていればいいのである。

そしてやはり、ファウスト自身も役目を果たせば、読仙社の手によって強引に「塵に還される」ことになるだろう。

まあ、のんびりやるさ。

これは、口に出さない。聞かれると、それなりにまずい。

読仙社に来て、幾つかわかったことがある。

チャイナが読子に語ったことは、ここに来た当日に聞かされた。そこそこに予測の範囲内だったので、読子ほど驚くことは無かった。

彼が気にかかったのは、別のことだ。

グーテンベルク・ペーパーに関する限り、チャイナの温度は低い。ジェントルメンのそれとは激しい差がある。

進行状況も気にしない。ペーパーの効能（?）についても質問してこない。

無関心、とまでは言わないが、明らかに興味は薄い。

比べて熱心なのが王炎である。ああいう性格だから表に出すことはないが、なにかにつけて現状を聞いてくる。ファウストは、ここに来て三日で人間関係の構図を修正した。

それと、あの親衛隊である。

五人のうち、いつも誰かがチャイナの側にいる。

ある時は側に寄り添い歩き。ある時は陰に潜《ひそ》んで。チャイナの身辺をつかず離れず警護しているのだ。会食の給仕を務めたのも、読子をより近くで観察するためだろう。

おそらくは、世界でもジェントルメンに並ぶ力を持っているチャイナに、なぜそれほど徹底的な護衛が必要なのか。

……まあ、だいたい見当はついている。

ファウストは、人の弱点や欠点を探ることが好きなのだ。

では、この弱点をどう利用するべきなのか。

ファウストが考えるのは、そこからだ。誰にどう、どの情報を流せば事態は最も理想的になるのか。それは人間心理を使ったパズルであり、正解は幾億通りものパターンの向こうに隠れている。

そんなことばかり考えているから、解読は全然進まない。

読仙社が痺《しび》れを切らすのは、いつだろう。幸い読子というカモフラージュが入ったから、今日明日ということはないと思うが。

読子。

ファウストの中の、イレギュラーが彼女である。

彼は、神保町に出向いて彼女の本棚《ほんだな》を研究してきた。そして、ある程度思考の方向性を摑《つか》んできた。

だが、最後の最後で判断しかねている部分がある。

本か、人間か？　彼女は最終的にどちらを選ぶのか？

一度、その答えは出ている。

彼女は恋人の、ドニー・ナカジマを殺しているという。その状況に本がからんでいるという。

詳細まではわからないが。

それは、人より本を選んだということだ。

それだけなら拍手喝采《かっさい》で迎え入れられる事実である。

しかし、その精神的傷跡は予想以上に深く、彼女は事件以降一年間、ザ・ペーパーを受け継ぐことを拒絶していたのだ。

もしもう一度、同じような状況が訪れたら。

愛する者と愛する本を、両天秤《りょうてんびん》にかけるような事態に対面したら。

彼女はどちらを取るのだろうか。興味深い、実に興味深いテーマである。

その結果によって、自分の、彼女への対応も決まるだろう。

一応、種は蒔《ま》いておいた。読子自身がそれに気づいているかは疑問だが。

まあ、のんびりやるさ。

敵地の中心部で、たった一人。

今夜もファウストは忙しい。

夜になり、霧《きり》が晴れた。

読仙社の谷は月明かりに照らされ、昼間とはまた違う幽玄《ゆうげん》の美を作り上げている。

チャイナの屋敷がある、中枢《ちゅうすう》の岩山の頂《いただき》。

細まったその場所は、平らに均《なら》されたステージとなっている。

一面の星空の下、そこに立っているのはチャイナ、王炎、そして静の三人だ。

「きれいだわー……何年見ても、飽《あ》きないわね……」

「何千年、の間違いでは？」

チャイナがため息まじりについた言葉を、王炎がまぜっ返す。

「王炎ちゃん。トシのことを言うのは、ガールに失礼よ」

「トシのことをいった覚えはありませんし、どこにガールがいらっしゃいますか？」

チャイナは半眼《はんがん》で王炎を睨《にら》み、ひらひらと手を振った。

「これだから。どうしてあたしの周りには、無粋《ぶすい》な男しか集まらないのかしら？　そう思わない？　静ちゃん」

突然話題を振られて、静がうろたえる。

「い、いえ……私は、なんとも……」

「意見を押しつけないように。静さんが困っているじゃありませんか」

王炎の言葉に、静はさらにうろたえる。

「い、いえっ！　困ってるわけではっ……でも、あのっ……」

カラン、と彼女の文鎮《ぶんちん》が倒れた。

「しっ！　失礼いたしましたっ」

にやにやと、静の反応を見ているチャイナである。どうやら彼女は、静の心中に気づいているらしい。

「………星は変わらないわー。あたしたちは毎日毎日、大騒ぎだってのにねー」

何万年も変わらない夜空に、チャイナが感嘆《かんたん》の声を漏《も》らす。

その記憶に映っているのが、いつの時代の空なのか。王炎、静には知る由《よし》も無い。

「おばあちゃん……一つ、お話が……」

「なにー……？　読子ちゃんとの挙式のこと？」

チャイナの軽口に、静がわずかに眉《まゆ》を動かした。これはミスだった。どれだけ生きても、人は完全ではいられないものだ。

「……重ね重ね言いますが、私は彼女とそういう関係になる気はありません」

静の眉が、元に戻った。

「ご自身のことです。……元の姿に、お戻りになる気はありませんか？」

「またその話……？」

今度は、チャイナが眉《まゆ》を動かす番だった。

「言ったでしょ。あたしは、この姿が気に入ってるの」

腕を後ろに回して、拗《す》ねたように歩き出す。

「今少しだけでも……。グーテンベルク・ペーパーの解読が終われば、どうにでもなるではありませんか……」

「どうにでもなるコトなんて、イヤよ」

チャイナの口調が、わずかに歳《とし》を帯びた。

「一方通行だから、生きることに意味があるんだわ」

王炎の言葉が、やや重くなる。

「……おばあちゃんは、世界に必要な人です」

「代わりのいない人間なんていないわよ。誰が死んでも、世界は回るわ」

「…………………………………」

黙り込んだ王炎に代わって、

「あのっ！」

静が口を開いた。突然の大声に、本人が一番驚いているようだった。

「お、おばあちゃん……王炎さんは、おばあちゃんのコトを思って言ってると思うんですが

「……あの、ちょっとだけでも、聞いてくれても、いいと思うんですが……」

王炎が、静を見た。珍しく、驚いたような表情で。

「すっ、すみません……出過ぎたマネを……」

細い文鎮《ぶんちん》に隠れるように、身を縮こまらせる。

「いえ……ありがとうございます」

「！」

王炎の謝辞に、静が顔をあげる。勢いづいて、おでこが文鎮に軽く当たった。

「静さんは、いつも怒ったような顔で私を見てたから……嫌われてると、思ってました」

「そんなコトっ！　……ない……ですが……」

二人のやり取りを見ていたチャイナは、えほんと咳払《せきばら》いをした。

「いいわね。若いわね。二人とも」

静がまた赤くなるが、王炎の視線はチャイナに向いているため、それに気づかない。

「でも、あたしはもうおばあちゃんなのよ。あんたたちみたいな時代があったことさえ、忘れかけてるの」

チャイナの言葉で、二人の空気がゆっくりと沈んでいく。

「あたしは今の自分が好きよ。昨日よりも今日の、今日よりも明日の自分が。そりゃ、後悔《こうかい》するようなこともあったけど、だいたいは満足できることだったし」

空気を持ち上げるように、チャイナは歯を見せて笑った。

「あんたらみたいな、種も蒔《ま》けたし。あんまり思い残すことってないの。……そうね、ちょっとだけはあるけれど」

「どんなことですか……?」

王炎の問いを、チャイナは笑ってごまかした。

「ヒミツ。女は自分の中にヒミツを持ってないと、キレイになれないのよ。ねぇ、静ちゃん?」

再度話題を振られて、静がやはりうろたえる。

「え? あ、そ、そうだと思います……」

「静さんは、なにかヒミツがあるのですか?」

それ以上の追及をあきらめたか、王炎が口調を変えた。

「いやっ、えっと、あのっ……」

やれやれ、とチャイナが肩をすくめる。

「二人とも、見なさいっ!」

彼女は唐突《とうとつ》に、空の一角を指さした。思わず二人が、その指の先を見る。

一際《ひときわ》輝く大きな星が、あった。

「あれが、中華の星よ! 私はもうすぐ、あそこに戻ってお姫様になるの……」

「あれ、北極星《ほっきょくせい》ですが……」

「そんなお歳《とし》のお姫様なんて、いません」

静と王炎の冷静な指摘に、チャイナの指がぐなっ、と曲がる。

「あんたら、ノリ悪いわねっ。こういう時は適当にあわせるのよっ。そしたらキモチよく終われるんだからっ」

「すみません……」

二人の声が、寸分違《すんぶんたが》わず重なった。驚き、ついつい相手の顔を見る。

「…………あんたら、ひょっとしてお似合いなのかもね……」

チャイナがしれっと呟《つぶや》いた。

「またそんな冗談を。静さんに失礼ですよ」

「い、いえっ！　私は別にっ……！」

「え？」

漂うラブコメ色の空気に、チャイナは頬《ほお》を掻《か》いていた。

この歳で、このノリは、どうにもこっ恥《ぱ》ずかしい。

第二章　『それぞれの道を』

読子《よみこ》が気の抜ける声を漏らしたのは、待遇《たいぐう》の急変に驚いたからである。

チャイナとの面会後、用意されたのは豪奢《ごうしゃ》な客室だった。重厚な家具には鳥や花の模様が彫り込まれ、金や銀の塗料で彩られている。

寝台は、読子のプレハブほどもある広さだ。普段身を縮こまらせて、新聞紙を被《かぶ》って寝ている彼女としては、かえって落ち着かない。

テーブルには果物《くだもの》が山と盛られた皿が置いてある。冷蔵庫にはミネラルウォーターから老酒《ラオチユウ》までが完備されている。窓の外は深い谷なのだが、眺めは絶景だ。

東京の一流ホテルなみの待遇で、読子はもてなされているのだった。

「……………………あぉ〜〜〜〜う……」

しかし、読子の顔は憂鬱《ゆううつ》である。口からは嘆《なげ》きの声が出る。

どれだけすばらしい部屋でも。どれだけ贅《ぜい》をこらした造りでも。

この部屋には本がないのである。

それだけで、読子にとっては独房《どくぼう》に等しい。

無論、読仙社《どくせんしゃ》としては、紙使いである読子に本を渡せるはずがない。その意味はわかっているのだが……。

「あぁ〰〰……！　本〰〰！　本〰〰〰！」

頭で理解しても、身体《からだ》は正直に本を求めている。読子は枕を抱えて、寝台の上をごろごろと転がった。

チャイナから、衝撃の話を聞かされたのだから、それを考えてもいい気がするのだが。あまりに現実離れした内容に実感が沸《わ》かないのかもしれない。

それより、あの山をくり抜いた図書館のイメージが強く焼き付いてしまった。即物的な刺激に弱い自分の感性が恨めしい。

ぼっふりと枕に顔を埋めていると、扉がノックされた。

「どぉ〰〰ぞ〰〰〰〰……」

ついいつもの調子で、無防備に答える。神保町《じんぼうちょう》の自宅なら、ドアを蹴破《けやぶ》るような勢いでねねが入ってくるのだが、

「失礼します……」

静かな物腰で入室してきたのは、王炎《おうえん》だった。

「！　王炎さんっ！」

思わず枕を抱いたまま、寝台の上に座り込む。

「おやすみでしたか……？」

「いえ。いえっ。……えっと、なにか？」

頬《ほお》が赤くなるのは、恥ずかしいところを見られたためだろうか？　そんな女らしさが残っていたとは、我ながら意外だが。

「退屈だろうと思って……本を、持ってきました」

王炎は、手にしていた紙袋から数冊の本を取り出した。途端に、読子が声をあげる。

「本っ！」

目にも留まらない、とはこのことだ。読子は瞬時に寝台を下り、王炎の至近距離までかけ寄った。手を胸の前で組み、目をきらきらと輝かせる。

「あっ、『山海経《さんかいきょう》』！　『二二楼補遺《じゅうにろうほい》』⁉　『聊斎志異《りゅうさいしい》』のそれ、手稿本《しゅこうぼん》ですか⁉」

今にもひったくりそうな勢いに、王炎が気圧《けお》された。

「落ち着いてください。焦《あせ》らなくてもいいですよ」

たしなめられて、読子が少し我に返った。

「しゅ、しゅみません……つい興奮して」

「本がからむと、本当に人が変わりますね。初めて会った時と同じだ」

二人が初めて出会ったのは英国、ヘイ・オン・ワイの古書店の地下である。あの時も、読子は本に向ける熱い情熱を見せて、王炎を驚かせたものだ。

読子は数奇な運命と、その後の対立を一瞬思い出した。

「王炎さん……でも、いいんですか？　私に本を貸しても？」

「もちろん、よくありません。なので、本を読んでいる間は、私が見張らせていただきます。無粋《ぶすい》ではありますが、ご了承《りようしよう》くださいますか？」

そういう事情か。とはいえ、本が読めることに異論はない。

「はあ……私は別に……」

「結構。あんまりあなたを本から遠ざけておくと、別の意味で危険だ、とはファウストさんの弁なのですが」

「はあ……」

感謝すればいいのだろうか。読子は首を傾《かし》げた。

「では、なにから読みますか？　せっかくだから中国らしいラインナップを持ってきたのですが。……中国語は？」

読子は頭をかいて、にへら、と笑いを浮かべた。

「付け焼き刃《つけやいば》ですが……でも、読んでたらぼちぼち覚えられるかなー、って……」

ヒアリングは苦手だが、読子はリーディングに関しては超一級の言語能力を発揮《はつき》する。別の任務では、アフリカの古代文字を短時間で習得したこともあるのだ。

「では、『西遊記《さいゆうき》』関係からいってみましょうか」

「あ、四歳の時に読みました」

王炎が取り出した本は古く、厚い。

「呉承恩《ごしょうおん》の本伝ではなく、パロディーとして書かれた戯作《げさく》版です。あの一行が、〝帰り道〟の途中で道に迷ってアフリカまで行ってしまう『南幽記《なんゆうき》』。おもしろいですよ」

彼の説明を聞いただけで、読子の喉《のど》がゴクリと鳴った。


どれくらいの時間が経っただろうか。読子が『南幽記』を読み終わった時、王炎はまだ部屋にいた。

「なにかあったら聞いてください」と、部屋の端の椅子《いす》に腰掛け、別の本を読んでいたのだ。静かに、まるで空気のように存在を感じさせず、彼は読子を見張っていた。

読書を始めると、他に意識がまわらなくなるのは読子の性分《しょうぶん》だが、それでも王炎の気配の消し方は特筆に値した。

「…………」

裏表紙を閉じ、ふと王炎を見た読子は、少し昔のことを思い出した。

ドニーと二人でいた頃の、記憶だ。恋人であり、師弟であり、そして揃《そろ》って大の本好きだった二人である。一緒にいる時も、やたらと本ばかり読んでいた。時には同じ部屋で。時には図書館で、向かい合わせに座って。時には芝生《しばふ》の上で背中あわせに。様々に、思い思いに本を読んだ。

それを人に話すと、「デートなのに、どうして本ばっかり読んでるの?」と不思議そうな顔をされた。

確かに会話は無かったが、心は通じていたように思う。読んだ本の感想や意見も話したし、同じ時間を共有していたことにこそ、幸福を感じた。

互いに邪魔《じゃま》をせず、さりとて突き放すこともなく、同じ時間の、同じ空間の中で本が読める関係……。それは、本読みにとって貴重な相手なのである。

意外ではあるが、読子はこの時、王炎に似たような感覚を覚えていた。ドニーと同じような、本を通して互いを理解できそうな親近感……。

そういえば、ヘイ・オン・ワイで出会った時も、読子は彼をドニーと間違えたのである。容姿は少しも似ていないのに。

「……読み終わりましたか?」

視線を感じてか、王炎が話しかけてきた。

「あ、はいっ。とってもスゴかったですっ! 中国って、もっと堅い本のイメージがあったんですけど、これはエンターティメントなんですねっ」

『南幽記』の三蔵法師《さんぞうほうし》一行は、アフリカの呪術僧《じゅじゅつそう》や猛獣を相手に、密林の中を暴れ回る。書かれたのは近世だろうが、アフリカに対する間違った知識が物語をいい意味で〝バカバカしい〟方向に導いていた。

「よかった。もしかしたら、呆《あき》れられるんじゃないかと心配してたんです」

王炎が笑みを作った。

「そんなことはありません。オモシロければみんな、正義です！」

断言し、読子も自然と笑顔になる。

二人の笑顔はしかし、ものの数秒で消えていく。

「王炎さん……」

「はい？」

「チャイナさんの言ったことは、本当なんでしょうか？」

読子の問いに、王炎は読んでいた本を閉じた。

「私は、本当だと思っています」

「でも、急に言われても信じ切れません……。今まで教わったことが、全部嘘《うそ》なんて……」

「全部ではないでしょう。ある時期から、歴史はジェントルメンの手を離れていますから。ただそれでも、自分たちに都合よく時代をコントロールしたのは、事実ですよ」

読子は黙りこんだ。

「……私は、あなたが読仙社にいらしてくれることを望んでいます……」

王炎の言葉は紳士的だ。しかし、ピカデリー・サーカスで彼が行ったことは、決して紳士とは言えない。そこが、読子の中で最後までひっかかっている。

なぜ、王炎はあれほどまでに非情になれるのか……。

「王炎さん。私、チャイナさんに聞きそこねたんですが……。読仙社は、なんのためにグーテンベルク・ペーパーを必要としているんですか？　そもそもグーテンベルク・ペーパーでなにができるんですか？」

読子のストレートな問いに、王炎は眉《まゆ》をひそめた。

「……本来、敵であるあなたに答えてはいけないコトだと思うのですが……」

手中の本を、机に置く。

「あなたは、本当にそれを聞かされてないのですか？　大英《だいえい》図書館やジェントルメンから」

「はい。ファウストさんが途中で逃げちゃいましたから」

素直に答える読子である。王炎はしばらく顎《あご》に手をやり、考えた。

「…………大きな効能は三つある、とされています」

読子に話すことを決心したのか、声には芯《しん》が通っている。

「一つは不老不死《ふろうふし》。……これは断片ですので完全に、とは断言できませんが。おばあちゃんやジェントルメン、ファウストさんのような存在になることは可能と見られています。二つ目は、死者を蘇《よみがえ》らせること。残る一つは、術者の時間を戻らせる……タイムスリップのようなものだと、予測されています」

どれ一つとっても、人類が夢見てやまなかった魔法である。

「すごいじゃないですか……」

立場を忘れて、読子も感動の声をあげる。王炎の言葉が本当なら、まさにあの紙一枚で世界が変わるのだ。

「いいえ。……まだ話は続きます。なにしろ残っているのはあの一枚、全ての術が使える可能性は、ほぼありません。術の種類は一つ、回数は一度きりというのが妥当《だとう》なところでしょう。……つまり解読後、我々はまだ選ばねばならないのです。どの術を使用するかを」

「チャイナさんは、その中のどれを使う気なんですか？」

王炎の言葉は、意外なものだった。

「……おばあちゃんは、どれを使う気もない、とおっしゃっています」

「え？　でも、じゃあ、どうして……」

「おばあちゃんが、グーテンベルク・ペーパーを引き揚《あ》げたのは、ジェントルメンの横暴を止めるためです。私欲のためではありません」

読子にも、ぼんやりとコトの全体像が見えてきた。

「……しかし私は、そんな人だからこそ、おばあちゃんはまだ人類に必要だと思っています。

……解読が終わるまでには、説得するつもりです」

確かに、読子にしても、チャイナに悪い印象はあまりない。大陸で暮らしていたせいなのか、飄々《ひょうひょう》としたおおらかさがある。〝おばあちゃん〟の通り名も、その意味では頷《うなず》ける。

つまり中国に戻ってからは、王炎たちの意見が尊重されて、解読が進められていることになる。英国で、ファウストの協力が得られたことも重要なのだろう。

「あの……今からでも、チャイナさんとジェントルメンさんに仲直りしてもらう、ってできないんでしょうか？　そうすると、世界平和で事態はおさまると思うんですが……」

王炎のリアクションに、初めて険《けん》のようなものが混じった。

「相手がジェントルメンである限り、無理な相談だと思います。……もともと、世界をねじ曲げたのは彼ですよ」

「…………………………」

言葉のない読子に、王炎は畳《たた》みかける。

「信用できません。不老不死《ふろうふし》、甦《よみがえ》り、時間操作……。この魅力にうち勝てる人間など、そうそういません。自分のことに置き換えてみればわかるでしょう？　あなただって……」

読子の胸に、ドニーの面影《おもかげ》がよぎった。確かに、自分は彼を生き返らせるという欲望に勝つことができるだろうか？

彼女の沈黙を見て、王炎は平静に戻る。

「言い過ぎました……。失礼を、お許しください」

礼をし、本を紙袋に詰めていく。

「今日は、これで帰ります。……ゆっくり、お休みください……」

「はぁ……」

振り返ることなく、王炎は部屋を出ていった。

読子は一人、椅子《いす》に腰掛けて頭を整理する。

だいたいの事情はわかった。しかし、読仙社がやろうとすることがはたして絶対の正義なのかは、判断できない。なにしろ彼らも、英国で多大な被害を出しているのだから。

さらに、先ほど王炎と過ごした時間の心地よさが、読子を悩ませる。あれほど穏やかに本を読む人間が悪人とは、どうしても信じ切れないのだ。

「………………………………わかんない……」

読子の結論はまだまだ遠い。とはいえ、ナンシーのコトがこの決断にかかっているとすれば、あまり悩んでもいられない。

読子は一人で、ずっと考え続けた。

「あら今度は、茜《シー》ちゃんが当番？」

チャイナの私室を訪れたのは、五鎮《ごっちん》姉妹の末っ子、茜であった。

「はいぃ～。よろしくぅ～」

呑気《のんき》な声が、部屋に響いた。チャイナの部屋は読子のそれを五、六倍したほど広いが、床は雑誌やお菓子の袋や服などで散らかっている。まるで子供部屋だ。

「琳《リン》ちゃんが順番じゃないの？」

「そうなんですけど～。なんだか、みんなで相談があるから代わってくれって頼まれて」

茜はもてあまし気味な胸の前で、いじけて両の人差し指を突きあわせる。

「私だって～……姉妹なのにぃ～……」

「相談って、なんの？」

「なんでも～、王炎さんと静《ジン》ちゃんのコトで～……あっ」

ついポロッと言ってしまい、慌《あわ》てて口を押さえる。しかし、その一言で全てを得たりと、チャイナはニヤニヤ笑っていた。

「なるほどね～……やっぱみんな気づいてたか。気づくよねそりゃ」

「え～？　私、知りませんでしたが……」

「姉妹でしょ。なんでそんなにニブいの」

チャイナの容赦《ようしゃ》ないツッコミに、茜がうなだれる。

「あたしとしては、読子ちゃんも気にいってきたんだけどな。でも静ちゃんもマジメだし」

「あの～。私が言ったってこと、みんなに言わないでもらえますか～？　……バレたら、怒られちゃうので……」

「はいはい。まあ、若者のコトは若者にまかせとこうかな」

時々、年相応のセリフが口を出るチャイナである。胸を撫《な》で下ろして安堵《あんど》した茜は、自分の仕事を思い出した。

「で〜……どうします？　寝ますか？」

「……今はいいや。疲れてもないし。それより一緒にプレステ2やろ」

茜の手を取って、巨大なモニターの前に引っ張っていく。

「対戦やろ、対戦。負けたほうは一枚ずつ脱いでくのよ」

「おばあちゃん、ズルするからイヤですぅ〜……！」

悲鳴をあげながら、読仙社のＶＩＰに引きずられる茜であった。


その男は、暇《ひま》だった。

困惑と多忙の大英図書館特殊工作部において、ほとんど唯一といっていいほど暇だった。

なぜなら、彼の仕事は半ば終わり、半ば凍結《とうけつ》されていたからだ。

だから、ウェンディとねねが突然面会に行っても、すぐに会うことができた。

「珍しいな。なんの用じゃな？」

その男、ジギー・スターダストは他に人のいない製紙研究ブースで一人、椅子《いす》に座って寝ていた。

ねねねとウェンディが声をかけると、彼はさも起きていたかのように取り繕《つくろ》い、わざと不機嫌そうな声を出したのだった。

紙使いの襲撃で、特殊工作部は大打撃を受けた。現在でもまだ補修すべき箇所《かしょ》が残っている。ジギー配下の開発部スタッフは、その手伝いに駆り出されているのだ。年齢《ねんれい》と立場から、ブースに残っているジギーは家族の留守《るす》を守る〝お祖父《じい》ちゃん〟といった風だ。

「すみません、ちょっとお話したいことがあるんですが……」

「なにかな？　どうせ暇《ひま》じゃ。パーチメントとグラシン紙の違いでも教えてやろうかい」

「いえ、それはまた別の機会で……」

遠慮《えんりょ》がちに笑い、ウェンディはまた気づく。ここからの会話は、特殊工作部内で話すには少々危険ではないだろうか？

ジギーが丸くむき出した目で、ねねねを睨《にら》む。ねねねは珍しく愛想笑いを返した。ここに来た時、読子の紹介で挨拶《あいさつ》だけはしているが、話し込んだことはない。

しかし、ジギーが睨んだのは、どうやら彼女が持っている本のようだった。もちろん、ドニーの日記である。まさかとは思うが、ウェンディの部屋に置いていくことにも一抹《いちまつ》の不安があったのだ。

「……ジギーさん。おヒマならちょっと、お茶でもしませんか？」

ウェンディ、人生初の逆ナンパは、五〇も年上の老人が相手だった。

三人は、大英図書館からやや離れた場所にあるカフェに入った。

テーブル席にねねねとウェンディが並んで座り、その向かいにジギーが腰掛ける。

ジギーは白衣のままである。他の客から注目を浴びているが、当人は素知《そし》らぬ顔である。読子といい、特殊工作部は身なりに気を遣わない変人が多い。

「白衣でいいんですか？　外気のいろんなモノ、付着しちゃいますよ」

「帰ったら、どうせ洗濯《せんたく》に回すつもりじゃ。もう二週間ほど着ておるしな」

それを聞き、ウェンディは思わずのけぞった。

ジギーとウェンディの前に紅茶が、ねねねの前にはコーヒーが運ばれてきた。

まだ湯気が勢いよく立ち上るうちに、ウェンディが話を切り出した。

「ジギーさん、ドニー・ナカジマさん、知ってますよね」

「知らいでか。ヤツの紙を作っていたのも、このワシよ」

砂糖もミルクも入れずに、カップを口に運ぶ。

「……………………」

ウェンディが少し迷う。ねねねがそれを後押しするように、日記をテーブルに置いた。

二人は視線をあわせて頷《うなず》きあい、最初から話すことにした。

「なるほどのう……その部屋のことは初耳よ」

ジギーのカップが空《から》になる頃。ウェンディは、これまでの経緯を話し終えていた。

「その日記もな。道理で、風変わりな本と思ったわ」

かつての仲間の姿を見ているのか、ジギーの日記を見る視線にはどこか懐《なつ》かしげなものがある。

ねねねとウェンディは、ようやく自分たちのカップに口をつけた。緊張と興奮で渇《かわ》いていた喉《のど》を、冷めたコーヒーと紅茶が潤《うるお》す。

「……で、ワシになにを聞きたいというのかな？」

「だから。本当に、特殊工作部が裏でそういうことをしてるのか、教えてほしいのよ」

口を開いたのは、ねねねである。たどたどしい英語だったが、どうにかジギーには通じたようだ。

「やっておるよ」

こともなげに、ジギーが答えた。ウェンディの目が丸くなる。

「いっ、いつからっ……ですか？」

「設立したその日、いやその前からじゃよ。……おまえら、大英図書館が清廉潔白《せいれんけっぱく》なボランティア団体だとでも思っておるのか？　今でこそアメリカにその座を譲《ゆず》っておるものの、英国は支配と略奪《りゃくだつ》、策謀《さくぼう》の上に繁栄《はんえい》を築いてきた国よ。その精神は今も変わっておらん。邪魔者《じゃまもの》は排除《はいじょ》する、当然のことじゃ」

ジギーとも思えぬ非情の言葉に、二人は声を失った。

「……もっとも、特殊工作部の中でもその方面はごく限られた部署じゃからな。知っている者は一割もおらんはずじゃ」

口調は緩《ゆる》やかになったが、視線にはまだ険《けん》が残っている。

「……せっ……先生は……ヨミコは、どうなの？」

ねねねがこの質問を絞《しぼ》り出すには、少なからず勇気が必要だった。

「読子か……あれはなぁ……」

目の中の険が濁《にご》る。ジギーも、彼女にはなにか特別な感情があるらしい。

「師匠《ししょう》のせいもあるじゃろうが……不思議な娘よ。欠点と美点が、一緒くたになっておる」

ねねねが唾《つば》を飲み込む音が聞こえた。

「安心せい。知りはせんよ。そこに、最も近い立場におりながらな」

深く息を漏《も》らしたねねねに比べて、ウェンディの顔は強《こわ》ばったままである。

「ジギーさんは……どうして今まで、それを見過ごしてきたんですか？　気にならないんですか？　本に仕えても……人まで殺したら、読仙社と同じじゃないんですか？」

「いかにも同じじよ。大英図書館と読仙社は表裏一体の似た者どうし、とわしは思っておる」

ジギーの言葉には迷いがない。おそらく彼は彼で、何十年も前に結論を出しているのだ。

「わしは紙に命を捧げる、そう誓《ちか》った。そのための環境が用意されるなら、大英図書館の意向に口を挟《はさ》む気はないな」

独善的ととれる言葉に、ウェンディは項垂《うなだ》れた。

「重要なのは、自分で決断することじゃ。なにを赦《ゆる》せて、なにを赦せないか。自分はそこでなにをするべきなのか、をな」

話は終わった、と言わんばかりにジギーが席を立つ。

「……私たちのこと、ジョーカーさんに報告します……？」

ささやくばかりのウェンディの声に、ジギーは答えた。

「わしはナチにも仲間を売らなかった男じゃ。小娘二人の秘密など、話題にする気もないわ。それに……おぬしらが初めてではないのでな」

「!?」

「知った者は皆、わしに相談してきおる。カウンセラーかなにかと勘違《かんちが》いしておるのか？」

苦虫《にがむし》を嚙《か》みつぶしたような顔だが、本当に不快そうには見えない。

「この先どうするかは、むしろ自分らで考えい。……偽造《ぎぞう》パスポートぐらいなら、用意してやってもよいぞ」

出口に向かおうと歩き出したその足が、ふと止まった。振り返り、テーブルに置かれたドニーの日記を見つめている。

「……おぬしら、その本をもう読んだのか?」

「……ううん。だって、故人の本だし……」

誘惑される気もあるが、友人の恋人の、しかもプライベートな遺品《いひん》である。それは本物の鍵《かぎ》よりも、強固にページを守っていた。

しかし、ジギーはそんなねねねの感傷《かんしょう》を笑い飛ばす。

「生者が読まねば、本になんの意味があるものかよ。さっさと読んで、真実を知る努力をせい。それからでも、決断は遅くないわ」

言い捨てて、ジギーはカフェを出ていった。

残されたねねねとウェンディは、じっと日記に視線を落とす。タイミングよく、店のテレビがニュースに切り替わった。

キャスターが冷静に、内容を読みあげていく。

『本日午前、ベイカー街で火事が発生しました……』

その地名を聞き、二人は同時に顔を上げた。はたしてテレビの画面には、見覚えのあるアパートメントが映し出されていた。黒煙と炎をうず高く上げながら、燃えている。

『現在のところ、火元は、『ネイバーズ』記者のジョエル・グリーン氏の部屋とされています。ただし氏は一昨日から連絡がとれないため、警察では事件と事故の両面から、捜査を開始しており……』

ドニーの部屋も、少なからず被害を受けている。

ねねねとウェンディは、無言で互いの顔をじっと見つめた。

その温室は、『秘密の花園』と呼ばれている。

文字通り、花が咲きあふれているからだ。ただし周囲は、硬質ガラスで覆《おお》われている。鬱蒼《うっそう》と茂った葉がカーテンの役目を果たしているため、中の様子を窺《うかが》うことはできない。

美しい場所だが、そこは一部の人間に、死刑台のように恐れられている。

この場所に呼ばれ、出てくる時。人生は大きく変転するからだ。

ある者は社会的に抹殺《まっさつ》される。ある者は、文字通りに抹殺されて花の肥料《ひりょう》になると言われている。どちらにしろ、愉快《ゆかい》な話ではない。

ジョーカーは、花園の主――ジェントルメンに呼び出されて、胃を下から引っ張られたような思いになった。

見たこともない蘭《らん》が咲いている。高地にしか生えない百合《ゆり》が見える。

「花は好きか?」

「ええ。心が落ち着きます」

ジョーカーは、ジェントルメンの車椅子《くるまいす》を押しながら、無難な答えを述べた。

温室の中は二人だけだ。もとより花の世話をする管理人以外、出入りは禁じられている。

「落ち着かせる必要があるのか？」

「あなたにお呼びいただき、平静でいられる者など英国におりますまい」

腹芸《はらげい》の会話は、そこまでだった。

「ザ・ペーパーの連絡が途絶えたようだな」

ジェントルメンは、突然に斬《き》りかかってきた。

「……現在、原因を捜索《そうさく》中です」

「なぜ、報告しなかった？」

「お心を悩ませるに値しないと、思いましたので」

ジョーカーは、額《ひたい》に汗が浮かんでいることに気がついた。室温は一定に保たれているのだが。

「私どもの段階で、十分に処理できる問題です。第二段階として、上陸部隊も準備を終えておりますので。明日の今頃には、新しい情報を……」

「もういい。おまえは外れろ」

ジョーカーの恐れていた言葉が飛び出した。

「特殊工作部にはもう、まかせておけぬ。任務は諜報部《ちょうほうぶ》に引き継がせることにする」

予想されていたとはいえ、衝撃に足が止まる。ジェントルメンの車椅子は、そのまま進んで行った。自走機能に切り替わったのである。

「……役立たずめが」

前を見たまま、ジェントルメンがぽつりと言い捨てた。

「お待ちください！」

ジョーカーが急いでかけ寄り、車椅子《くるまいす》の前に立つ。

「……今一度、チャンスをお与えいただけませんか？」

「チャンスは十二分に与えたつもりだ。おまえはそれを生かすことができなかった」

しかし今回の事件は、不確定要素が多すぎる。もともとファウストを解放しようと言いだしたのは、ジェントルメン自身だ。その責任はどう取る気だ。

そんなことが言えるわけもない。ジョーカーは奥歯を噛《か》みしめる。

「……書庫整理部のポストを用意する。準備をしておけ」

今のジョーカーにしてみれば、破滅に近い左遷《させん》である。大量の本に埋もれ、未来が朽《く》ち果てていく様子が目に浮かんだ。

立ち尽《つ》くすジョーカーを避け、ジェントルメンがさらに道を進む。今だ。今動かなければ、人生は終わる。

ジョーカーは、その名の通りの切り札《ジョーカー》を切った。

「……取引を、しませんか？」

ジェントルメンの車椅子が止まる。

「……わしにそんな口を叩いたのは、初めてだな。キサマがわしの欲しがる、なにを持っているというのだ？」

ジョーカーは、ジェントルメンに背を向けたままで、後戻りできない一歩を踏み出した。正面から見つめる度胸は無かった。

「……………真実を。あなたと、英国王室の関係について」

「！」

その一言は、空気を凍《こお》らせた。どこかで、花が落ちる音が聞こえた。

「……………盗み聞いたか？」

「……運命の、巡り合わせにて。……私は多くを望みません。チャンスが欲しいだけです。ここまで苦労を積み重ねてきたスタッフのためにも。……無論、私自身のためにも」

「恥《はじ》知らずめが……」

「なんとでも。……しかし、どのみち私を待っているのは破滅。ならば、可能性に懸《か》けるのは当然でしょう」

いけしゃあしゃあと、反論が口を出る。もう後戻りはできない、そんな覚悟があってのことだ。

「今少し、時間を。……邪魔《じゃま》になるものはすべて排除《はいじょ》しています。わがスタッフは必ずや、英国に成功を持ち帰ります…………………！」

そこまで言って、ジョーカーは突然振り向いた。背中に感じる気配が一変したからである。経験こそ無いがそれは、猛獣と遭遇《そうぐう》した時のような恐怖があった。

「恥知《はじ》らずめが……」

信じられない光景を見ていた。ジェントルメンが、両の足で地面に立っていた。

「！！！！！」

片手こそ車椅子《くるまいす》の背を握っているものの、揺らぎもよろめきもしていない。

それどころか、彼は想像以上に巨体だった。ジョーカーより、頭一つぶんは高そうだ。その全身から、殺気にも似た気力が無造作《むぞうさ》に放たれていた。

「ジェントル……メン…………」

その名が滑稽《こっけい》なほど、今の彼は猛々《たけだけ》しい力に溢《あふ》れている。つい一〇秒かそこら前に車椅子に座っていた者とは、まるで別人だ。

ずるり、とジェントルメンがジョーカーに足を踏み出した。

「……秘密なぞ、役に立たんぞ……。いざとなったら王室など、アメリカに売り渡しても一向に構わんのだからな……」

ジョーカーは半ば、死を覚悟した。俺はここで死ぬのだ。花に包まれて、この老人に食われるのだ。

「……だが、その度胸はまだ買える……わしを相手に脅迫《きょうはく》などと、おいそれとできることではない……」

左側だけの目が、ギラギラと輝いている。精気ほとばしる、眩《まぶゆ》い目だった。

「……それほど権力が欲しいか？　我が身を高めたいか？　……よかろう。おまえの欲しがっていたチャンスをやろう……」

髭《ひげ》に埋もれていた唇が曲がった。全身を貫《つらぬ》く恐怖の中で、ジョーカーはどうにかそれが笑みだと認識した。

「今より九日の間、英国を思うままに動かすがよい。わしが許可する」

その言葉の意味が、ジョーカーには咄嗟《とっさ》に理解できなかった。

「陸、海、空軍、外交、警察、政治家、マスコミ、王室、国民の一人に至るまで、自由に使い、自由に〝棄《す》てる〟ことを許可する」

徐々にその意味を咀嚼《そしゃく》しながら、ジョーカーは口を開いた。

「なぜ……ですか？」

ジェントルメンは、車椅子《くるまいす》を叩いて答える。

「わしはもう、飽《あ》きた。この世界を、車椅子の高さで見ることに」

軽く叩くような調子だった。だが三撃目で、それは跡形もなく破壊された。カランカランと、外れた車輪が転がっていく。

「！」

驚くジョーカーの横を、ジェントルメンは悠然《ゆうぜん》と通り過ぎていく。

「だが覚悟せいよ。九日とはいえ、民《たみ》を統《す》べるのは血を吐く苦労だぞ」

言い残した言葉が、ジョーカーの耳の奥に貼り付いた。


八時間後。ジェントルメンの署名入りで、ジョーカー代行の報せが王室、各軍、スコットランドヤード、枢密院《すうみついん》、ＭＩ６他に届けられた。

開封した誰もが、まず自分の目を疑い、そしてジェントルメンの頭を疑い、最後に手紙自体が悪戯《いたずら》かどうかを疑った。

どれも正常だとわかると、彼らは彼ら同士で電話をかけあい、情報を求めだした。

その頃にはもう、ジョーカーは熱いシャワーを浴び終え、新しいスーツの袖《そで》に腕を通していた。七時間、たっぷりと睡眠を摂った後で。

「ミスター・アンダーソン！　本部から通信が届いてます！」

英国が誇る原子力弾道ミサイル潜水艦、ヴィクトリアス。その副艦長に呼ばれて、ドレイクはブリッジへと出向いた。

「呼ばれたのは俺だぞ。なんであんたがついてくるんだ？」

「いいじゃない。退屈なのよ、この中」

後ろからついてくるのは、グロリアである。マニラ沖で乗艦した傭兵《ようへい》部隊は、ジョーカーから指示があるまで船室待機になっている。

他の連中は慣れたもので、装備の整備、賭《か》けトランプに睡眠《すいみん》、携帯ゲーム機などで時間を潰《つぶ》しているが、グロリアだけは落ち着きなく、相手を探しては息子の自慢話を繰り広げていたのだった。

「おまえがなんとかしろ」

「してください」

「しないと俺たちは、ここから泳いででも帰るぞ」

同じく古い仲間のウォーレン、フィ、ドナルドに抗議されて、ドレイクは彼女のおもり係に就任した。傭兵部隊のリーダーといっても、その実は学級委員のようなものだ。

ブリッジにて暗号文を受け取ったドレイクは、紙面を見るなり眉《まゆ》をしかめた。

理由の一つは、ザ・ペーパーとの連絡が途絶えたことにあった。これでは上陸のタイミングも、行くべき場所もわからない。

ただ、作戦の継続はその下に記されている。傭兵の最初の仕事は、待つことだ。愉快《ゆかい》ではないが、現状ではそれに従うしかない。

もう一つは、その差出人に見覚えが無かったことである。

名前こそジョーカーと書いてあるが、ドレイクの知っているジョーカーは大英図書館特殊工作部に所属する管理職で、〝ジェントルメン代行英国総指揮官〟などという肩書きはついていなかったはずである。

「…………なんだこりゃ？」

自分が海に潜っている間に、なにがあったというのか。

ドレイクは、英国本土との通信を副艦長に希望したが、今、通信用のブイを浮上させては他国に見つかる恐れがある、と却下《きゃっか》された。

ヴィクトリアスの乗務員たちは、非協力的ではないが融通《ゆうずう》にかける。

「ドレイク、この〝ザ・ペーパー〟ってコを助けに行くの？」

「ああ。それともう一人、そいつをサポートしてるエージェントがいるはずだ」

そちらも、連絡が取れないらしい。ドレイクの中で、嫌な予感が広がっていく。

「悪い予感がするな……」

ドレイクの独《ひと》り言《ごと》を、グロリアが受ける。

「あたしもよ……。でも今週、ジョナサンは金運も健康運も愛情運もいいの。だから世界はオールオッケーなのよ」

肩を乱暴に叩かれながら、ドレイクは心中で嘆息した。

どうして俺の周りの女は、ロクなヤツがいないんだ。

マッギー以外は。

外はあいかわらずの霧《きり》である。

同様に、読子の心中もぼやけている。

「……………………………………………………」

昨日、王炎が引き揚げてから。同じ問いがぐるぐると頭を回っている。

読仙社と、大英図書館。自分は、どちらにつくべきなのか？　真実はどちらにあるのか？

争わず、両方を救う方法はないのか？　協力を拒んだとしたら、王炎たちは自分を殺すのか？

自分はその時、反撃できるのか？

なに一つ、答えが出ない。

あるいは、自分自身がそこから逃げているからだろうか。

そうなのだ。自分は、今まで何一つ決断をして来なかった。悩むふりをして、逃げてばかりいたのだ。その報いが、今ここに押し寄せているのだ。

読子は寝台の上で、うつぶせになった。

「…………………でも…………」

このままでは、ナンシーが危ない。どこに囚《とら》われているかわからないが、読子の答え次第で彼女の命運は尽きるのだ。

それだけは、防がなければ。

読子は寝台から下り、二本の足で立った。

「やっと、起きたか」

「！」

窓の外から、声がした。見ると、そこにファウストが立っている。

「ファウストさん……えっ、ええっ？」

思わず窓まで駆け寄っていく。霧の深い谷の空間に、ファウストがいた。宙に浮かぶように、ごく自然にそこにいた。

「ええっ!?」

驚く読子に、彼は笑いかけた。

「いの一番に、君に伝えたくてね」

ファウストは、胸ポケットから折り畳《たた》まれた一枚の紙を取り出した。まぎれもない、グーテンベルク・ペーパーである。

無造作《むぞうさ》にひらひらと振り、広げる。風で崩《くず》れるのでは、という恐怖が、読子を青くした。

「やっ、やめてくださいっ！　こらっ！」

女教師然とした叱《しか》り口調に、ファウストは意表をつかれたようだった。目を丸くして見つめた後、苦笑する。

「悪かったよ。でも、これはもう必要のないものだ。解読が、終わったから」

「！」

さらりと述べられたセリフに、読子が思わず身を乗り出した。

「本当ですかっ⁉」

「ああ。多少トラップに手こずったものの、ヒントがわかれば……」

「あっ！　じゃあそれって、グーテンベルク・ペーパーの魔術なんですかっ⁉」

大声で、ファウストの説明を中断させる。ファウストはやれやれ、と頭を振った。

「こんな手品モドキに、英国も中国も必死になるものか。……ともあれ、これで僕の存在価値は無くなったわけだ……」

確かにそうだ。英国はもちろん読仙社も、ファウストを匿《かくま》っているのは解読のためである。それが終わったと知れたら、すぐに連蓮《りんりー》の仇討《あだう》ちが始まることだろう。

「いや、でも。……話せばわかってくれるんじゃ……？　これ以上、人が死ぬことは無いと思うんですが……」

庇《かば》う口調の読子を、ファウストは無言で見つめる。そこには、いつもと違う冷たさと、いつもと違う慈《いつく》しみが同居していた。

「……僕たちはそろそろ、決断しないといけないな。敵になるのか、味方になるのか」

読子はここで目覚めた時、最初にファウストから浴びせられた問いを思い出していた。

「最後にもう一度聞いておく。……僕の妻になる気はないか？」

読子は一度メガネの位置を直して、答えた。

「……ありません」

「わかった。……君は僕の敵だ。敵であるからには、利用させてもらう」

ファウストは、おもむろにグーテンベルク・ペーパーを手に持ち、それを引き裂《さ》いた。

「!?」

あまりに突然な出来事に、読子の身体《からだ》が硬直した。

そうしている間に、無数の紙片となったそれは、足下の谷、そこを流れる河へと落ちていく。

「ふぁっ……ファウスト、さんっ！」

驚きと、怒りと、自分でもよくわからない衝動が重なっている。読子はやっとの思いで、彼を見つめた。

「なにするんですかっ！」

「驚くに値しない。紙は、情報を与えるものだ」

自分の頭を、人差し指でつつく。

「そして、情報は今やここにある。これで、ジェントルメンも王炎も、僕を殺せない」

そうなのだ。保身を考えるなら、ファウストにとってこれ以上の方法はないのである。

「…………………………！」

混乱の続く読子に向けて、ファウストはさらに続ける。

「だがこれで、君の任務も終わったわけだ。となれば、後は帰るだけだが……ここから脱出する方法を思いついてないだろう？」

無言で顔を上げた読子は、ファウストの手に信じられないものを見た。

それは、大英図書館支給のコートと、紙の詰まったケースである。

「故宮《こきゅう》で回収したものを、修繕《しゅうぜん》させた。君にはこれが一番似合う」

無造作《むぞうさ》に放ってきたものを、読子はどうにか受け止める。

「どうして……ですか……？」

疑問符を隠せない読子である。

「本当は、この場で君を殺しておいたほうが後々楽なんだがね。……さすがに僕も、それは辛《つら》い。だから、今度会う時まで預けておくよ」

微笑の下に隠れた本心は、今の読子には窺《うかが》うことができない。

「……今は逃げろ、読子。そしてまた会おう。今度は敵として、全力で僕を捕まえに来い。……その覚悟ができないうちは、僕の前に現れるな。犠牲者《ぎせいしゃ》を増やすことになるぞ」

ファウストは本気だ。いつもの遊びが、今日の態度にはない。読子はコートを羽織《はお》って、ケースを開いて紙を確認した。

「でも……私が逃げたら、ナンシーさんが……」

「……やれやれ、これが惚《ほ》れた弱みというヤツか。……一応、その対応策も考えておいた。交《こう》渉術《しょうじゅつ》の、きわめて初歩的なパターンだが……」

そしてファウストは、確かに初歩的な交渉術を口にした。

目の横を、冷や汗が流れ落ちる。そんなことが、自分に可能なのだろうか……？

「できなければ、そのナンシー君が死ぬだけだよ。せいぜいがんばりたまえ」

ファウストは、ゆっくりと踵《きびす》を返した。

「あっ……」

その背を追うように身を乗り出した読子は、ファウストが、谷の間に渡した糸の上に立っていたことに気がついた。

「……ズルっ！」

「言っただろ。手品モドキだって」

「……ファウストさん。私がこの糸を切ったら、ファウストさんは谷に落ちちゃうんですよ。そこのトコロは、どうお考えなんですか？」

「まあ、運命だと思ってあきらめるよ。知り合いの偉人や芸術家も、大抵《たいてい》は女を信じて破滅していったしな」

絶対の自信が、その背から伝わってくる。

「…………………………」

読子は彼に背を向けて、入口のほうに歩き出した。

「読子！　言い忘れたが、前に君の家にお邪魔《じゃま》させてもらったよ！　そこから一冊、本を借りた！　そのケースに戻しておいたから！」

投げられたファウストの言葉に、読子は慌《あわ》ててケースを開く。紙の下から見えたのは、『そばかす先生の不思議な学校』だった。

「興味深い本だった！　そういう本は、肌身はなさず持ち歩くべきだ！」

「！」

この本が、ドニーと出会うきっかけになったことを、ファウストが知っているはずがない。

読子は驚きのあまり、窓の外を振り返る。

そこにはもう、誰もいなかった。

「………………」

本の質感が、読子に懐《なつ》かしいものを思い出させる。守らねばいけないものを、やらねばならないことを思い起こさせる。

「……また会いましょう、ファウストさん……」

コートの内ポケットに本をしまい、読子は出口へと向かった。

すぐに、廊下《ろうか》から、見張りの男の驚く声が響いた。

英国の全権を掌握《しょうあく》したからといって、すぐになにが変わるわけではない。

ジョーカーは相変わらず、特殊工作部に自分のデスクを置いている。当面の作戦を優先させるなら、こちらのほうが勝手がいいのだ。

ただし、各軍やスコットランドヤードなどへのホットラインは用意させた。夥《おびただ》しい量の情報が入ってくるようになった。

「とはいえ……キャパシティを超えては、処理能力のほうが追いつきませんが」

そういえば、今日はウェンディの姿も見えない。いてもたいした役には立たないが、彼女の淹《い》れる紅茶がないとペースが狂う。

ロシアに潜んでいる工作員を、読仙社の調査に向かわせるか。ヴィクトリアスも、あまり長い間東シナ海に〝置いて〟おけない。日本に寄港させることは可能か？　そう考えて、手続きをしていると、机上《きじょう》のフォンが鳴った。ＭＩ６の監視局からだった。

「ジョーカーです。なにか？」

監視局には、衛星を使わせて中国大陸を調べさせていた。二人の手がかりと読仙社の動きを探るためではあるが、ほとんど〝焼け石に水〟に近い作業である。

『代行。……今、サラマンダーから映像が入りました』

サラマンダーとは、監視衛星につけられたコードネームである。

「なにか、手がかりでも見つかりましたか?」

あまり期待をせずに聞き返す。通信の声に、力が入っていなかったからだ。

『中国四川《しせん》省、長江《ちょうこう》の近くで……花が咲いています』

「花ぁ?」

ジョーカーは眉《まゆ》をしかめる。

『映像を直接送ります！　ご覧ください！』

一分と経たない間に、ジョーカーのコンピュータにサラマンダーの捉えた画像が送られてきた。それを見て、ジョーカーはあんぐりと口を開けた。

「花だ……」

谷を形作っている岩山、その頂《いただき》から白いものが、噴火のように吹き出ていた。それは周囲に撒《ま》き散らされ、上から見ると花のように見えるのだ。

「紙の花だ……」

白いもの、とはもちろん紙だった。ジョーカーはこの時、ザ・ペーパーの生存と、読仙社の位置を確信したのである。

「なんだよ、この騒ぎはよっ!?」

岩山の図書館に着くと、そこは既に混乱を極めていた。帆《ファン》は周囲から舞い上がる紙で、視界をほぼ塞《ふさ》がれてしまった。

本棚《ほんだな》のあちらこちらから、紙が宙にと舞い上がっていく。あたかも竜巻が何本も、発生したかの如く。

天井部分には大穴が開けられ、外へと紙が飛び出している。幻想的ではあるが、当の本人たちにとっては戦慄《せんりつ》すべき光景である。

風の流れが幸いしたのか、中心にある螺旋《らせん》本棚はほとんど無傷だ。

「帆ちゃ〜ん、うあっ、あぁぁあ〜っ!?」

走り寄ろうとした茜《シー》が、紙にあおられて宙に浮きそうになる。

「！」

それを岩に射し止めたのは、琳《リン》の放った文鎮《ぶんちん》だ。採集された昆虫のようにジタバタと手足を動かして、茜が感謝する。

「琳ちゃん、ありがと〜……」

しかし琳は彼女を完全に無視して、帆の側へと走った。

「コートのメガネ女が飛び込んできて！　なにか走り回ったと思ったら、途端にこんなことになったそうです！」

「コート？　メガネ?.」

バカ女組の帆でも、瞬時にある女を連想する。そもそも他に、該当者《がいとうしゃ》などいないのだ。

「だけど、どうやって……?」

「誰かが手ほどきしたねー」

合流してきたのは、薇《ウェイ》だ。

「部屋の見張り、倒されてたよー。丸腰だからって油断したのが、よくなかったねー」

既に読子の部屋を回ってきたらしい。

「この事態は、私が収拾します」

さすがに対応が素早い。王炎が、黒表紙の本を手にかけつけた。姉妹たちは見たことが無いが、あの本は周囲のすべてを吸い込む力があるのだ。

「手ほどきした人間にも心当たりはありますが、今はこの場を収めるのが先決でしょう。あなたたちは、おばあちゃんに心配ないと……」

王炎は四人の姿を見渡して、聞いた。

「静《ジン》さんは!?」

「おばあちゃんの護衛《ごえい》に、行ってます……」

「おばあちゃんは今、おやすみなのですか?」

「たぶんねー……」

突然、王炎の顔に焦《あせ》りの色が浮かんだ。

「静さんの援護に行ってください! 早く!」

初めて聞く王炎の大声に、四人は即座に駆けだした。

黒表紙の本を開く王炎の手が震える。イヤな予感が、的中していなければいいが。


「なにごと……？」

チャイナの私室の窓から上半身を乗り出して、静は岩山の上部を仰《あお》ぎ見る。

花のように、紙が舞い落ちてくる。霧《きり》の中に隠れるその様は、幽玄《ゆうげん》の美に満ちていた。

紙……。紙⁉

連想した相手が、その時扉から現れた。

「失礼しますっ！」

バカ丁寧《ていねい》に、声をかけて。

走ってきたのか、息が荒い。コートに車輪つきのケースを引っ張っている様は、いかにも鈍く、鬱陶《うっとう》しい。

「キサマっ！　どうやって出たっ！」

瞬時に棒《ぼう》を持ち直す。目つきがキリリと締まった。事情を問いただすのは、もちろん後でも構わない。

「いえ、あの……ファウストさんに助けてもらって……」

「ファウスト⁉」

彼と王炎の仲が険悪なのは、静も知っている。王炎の敵は、静の敵である。もとよりいい感情は抱いてなかったが、この裏切りは決定的だった。

読子が目を走らせた。その視線の先には、寝台で寝息を立てているチャイナがいた。

「！　知っているのか!?」

「ええ、まあ……」

読子は困ったように頭をかいた。それもファウストの入れ知恵だと察して、静の怒りが一レベル上がる。

「それで騒ぎを起こして、さらいに来たのか。卑怯者《ひきょうもの》め」

「……お言葉ですが、私にも私の事情があるんです……。こんなことはしたくないけれど、友達の命運がかかってます。ご了承《りょうしょう》ください……」

静は棒を、読子は紙を構えて、互いの距離を見計るように動く。静の棒はリーチで圧倒的に有利だが、読子の紙は飛び道具だ。双方、油断はできない。

加えて、床にはチャイナが散らかした物があふれている。足を取られたら、相手に絶好のチャンスを与えることになる。

「……………………」

緊張の沈黙を破ったのは、両者ではなく、チャイナだった。

「ふごっ！」

個性的な寝息が、二人の動くきっかけになった。静の突き出した棒が、読子の顔面を狙って伸びてくる。

「！」

読子は咄嗟《とっさ》に身を沈めた。数センチ上の空間を、鉄の棒が貫《つらぬ》いていく。ひゅっ、と高い風の音が耳を震わせた。

読子は横に払うように、紙片を飛ばした。しかしそれは、無防備となった静とは別方向に飛んでいく。

体勢が崩《くず》れて、手元が狂ったな！　静はそう判断した。だがそれは、彼女の早合点《はやがてん》だった。

飛ばされた紙片はチャイナの寝台、その屋根を支える柱に向かい、切断した。

「！」

脚方向の二本が折れ、屋根が崩れる。

「おばあちゃん！」

静は思わず声を漏らしたが、その間に読子はもう動いていた。めこっ、と音を立てて屋根が傾く。読子はシーツごとチャイナを引っ張り、寝台から抜き出した。

「きさまっ！」

一瞬のスキをつかれたのは、経験値の差か、それとも年の功か。五姉妹は普段鍛錬は積んでいるが、実戦経験は片手で数えるほどしかない。

いかにどんくさくても、幾多の修羅場《しゅらば》をくぐってきた読子は、こういったドサクサまぎれの戦いで実力以上のものを発揮《はっき》するのだ。その証拠に、静は潰《つぶ》れた寝台がジャマをして、読子に攻撃を加えられない。

だがしかし、出入口は静の背にあった。時間さえ稼《かせ》げれば、きっと妹たちか、王炎がやって来る。そうしたら、読子は袋のネズミだ。勝算はまだ、十分こちらにある。

「……王炎さんに伝えてもらえますか？」

読子はシーツをよじり、ロープ状にしてチャイナを自分に縛《しば》り付ける。若い母親が子供を抱き抱えるようなスタイルだ。

「なんだと？」

読子の口から「王炎」という言葉を聞いて、静の怒りレベルがまた一つ上がった。

「チャイナさんは、ナンシーさんと引き替えで。乱暴なことはしませんから。連絡は、『人民《じんみん》日報《にっぽう》』の求人欄《らん》にて……」

早口で言い終えると、後ろ歩きで窓へと向かう。

「……おいっ！」

呼び止める間もなく、読子は窓によっこらせと上り、外へと飛んだ。

「！」

慌《あわ》てて駆け寄り、下を見る。谷に降る紙は、もう随分《ずいぶん》少なくなっていた。

遥《はる》か下の河に、白い小舟が浮いていた。波紋《はもん》が周囲に広がっている。今着水したばかりだ。

静はすぐに、あの女が紙で舟を作ったのだと理解した。

「ちくしょうっ！」

窓の桟《さん》を、力任せに叩く。その時、

「静ちゃん、平気っ⁉」

「おばあちゃんは無事ですかっ⁉」

四人の妹たちが、どかどかと部屋に入ってくる。

「……おばあちゃんは、さらわれた。あのメガネの、胸のデカい女に」

「さらわれたー⁉　マジー⁉」

静は棒を回転させて背のホルダーに通し、憤然《ふんぜん》と出口に向かって歩き出した。

「舟を出せ！　あいつは私たちで捕らえる！」

「……おう！」

姉の烈《はげ》しさに感化され、妹たちが颯爽《さっそう》と後に続く。

「……お～ぅ」

一人、変わらずマイペースの者もいるにはいたが。

ファウストに渡されたケースの中身は、故宮で回収された特殊用紙と、読仙社のものらしい和紙が半々で入っていた。回収した目的は、おそらく研究もあったのだろう。それが読子には幸いしたというわけだ。

今、この河を進む小舟は、読仙社の和紙で作った。和紙のほうが繊維《せんい》の密度が濃いため、水に強いのだ。感触からして、何時間かは保つだろう。

「ふへーい…………………」

それにしても、高い谷からの着水は心臓に悪かった。自分一人ならともかく、チャイナを抱えているのだから不安も倍増だ。

ふり返ると、岩山から噴き出ていた紙がすっかり止まっていた。原因は自分であるが、読子は安心した。

一応、あまり古い紙は反応しないようにと注意はしたが、それでも図書館の中を荒らすのは胸が痛んだ。大英図書館も彼らに襲われたが、おあいこという気にはなれないのだ。

「ごめんなさい……」

手をあわせて拝む。甘すぎる、とファウストは言うだろう。だが、たとえどれだけ矛盾《むじゅん》を指摘されても、自分の行為を振り返らない人間にはなりたくない。

この一連の脱出劇の間、チャイナはひたすらに眠っている。

これも、ファウストに聞いた通りだった。

老体のジェントルメンに比べて、チャイナが若い外観を保っているのは、エネルギーを濃縮しているからだ。

ジェントルメンは、あの身体《からだ》でおそらく残り一〇〇年は生きるだろう。だがチャイナは、その残りのエネルギーを短期間で燃焼させる道を選んだ。故《ゆえ》に、活動的ではあるがいつ死ぬかわからないのである。王炎が、グーテンベルク・ペーパーの解読を急がせた理由もそこにあった。

ジェントルメンも、チャイナも、そしておそらくファウストも。永遠の命など手にしていない。他より何千倍も緩《ゆる》やかに、死へと向かっている。いざそれを前にして、どう決断するかは個人の自由だ。ジェントルメンの道も、チャイナの道も、それぞれが選んだものなのだから。

だが、チャイナのやり方には思わぬ副作用がついてきた。

無理にエネルギーを凝縮《ぎょうしゅく》したせいで、何日かに一度、完全に〝眠り込む〟状態が生まれてしまったのである。おそらくは、回復機能が変質したせいだと考えられる。

何日かに一度、約六時間から八時間訪れる、深い眠り。これは無敵のチャイナにとって致命的な欠点にもなりえた。一度眠ったらチャイナは、自ら目覚めるまで〝象が踏んでも目覚めない〟のである。

その状態の彼女を警護《けいご》するために作られたのが、五鎮姉妹の親衛隊だった。

「……すみません……」

読子は、無邪気《むじゃき》な顔で眠るチャイナにも手をあわせ、詫《わ》びた。

相手がどんな存在であろうと。ナンシーを人質に取られている、という事情があろうと。

やはり誘拐《ゆうかい》という行為は、胸が痛む。ファウストの入れ知恵があったとはいえ、実際に行動しているのは自分なのだ。正当化できるものでもない。

ただ、こうも思う。グーテンベルク・ペーパーが無くなったのなら。ジェントルメンとチャイナも、争う必要が無くなった、といえないか？

もともと読仙社でグーテンベルク・ペーパーにこだわっていたのは王炎なのだ。ファウストは協力して確保すればいい。彼が解読した内容を喋《しゃべ》るか喋らないかは、また別の問題になるが。

とにかく、もう無意味に争うことはないと思う。王炎と過ごしたあの一時を思っても、理解しあえる可能性はあると思う。

だから、チャイナに協力してほしいのだ。できればジェントルメンと直接対話、過去の精算が望ましいのだが……。

読子が慣れない外交手段を頭の中で模索していると、後方から水を切る音が聞こえた。

「はれっ？」

振り返ると、顔の横を一本の金属片が駆け抜けていった。黒く鈍い線が、晴れてきた霧《きり》の中でくっきりと目立った。

琳の放った、文鎮《ぶんちん》だった。

「ひええっ！」

二艘《そう》の小舟が、後ろから追って来ていた。

一艘には静と帆が。もう一艘には薇、琳、茜が。それぞれ武器を持って乗り込んでいる。

「待て！　止まれ！　おばあちゃんを返せ！」

「そんなボロ舟で逃げられると思ったら、大間違いだ！」

口調も激しい。まさかこれほど早く追って来ると思わなかった読子は、額に嫌な汗を垂らしている。

一人対五人、一艘対二艘。人的にも、装備的にも圧倒的な不利である。となれば……。

「……逃げるしか、ありませんね……」

読子は紙で即席の舵《かじ》を作り、船尾に設置した。その舵はパタパタと水を仰ぎ、頼もしい推進力を生み出していく。紙舟のスピードが、少し上がった。

「あっ、この期《ご》に及んで逃げる気ねー！」

「許せません！　これだから胸の大きい女は！」

「琳ちゃん、それ偏見……」

五姉妹の舟も、追いすがってくる。こちらの推進力は、帆と茜のバカ女コンビだ。

「帆！　もっとスピードを上げろ！」

「やってるよっ！」

「茜ちゃん、もっと死ぬ気でがんばってー」

「これが、せいいっぱいぃ〜……」

二人が櫓《ろ》を漕《こ》ぎ、読子への距離を縮めていく。ついにその間は、約四メートルほどにまで迫った。

「でぇぇぇいっ！」

裂帛《れっぱく》の気合いを込め、静が読子の舟へと飛んだ。

「覚悟！」

船尾の縁に立ち、棒《ぼう》を横殴《よこなぐ》りに振る。当たれば意識が飛ぶだろう。読子は船底に屈《かが》んでそれをかわし、船体の紙を変質させた。静が立っている場所の強度を、弱くしたのだ。

「むっ⁉」

足場が崩《くず》れるのを感じて、静が後方へと宙返りする。この体術の冴《さ》えはさすがに中国人だと、読子はやや固定観念混じりで感心した。

「ナーイス、キャッチ！」

舟を進めてきた帆が、戻ってきた静を受け止める。姉妹ならではのチームプレイだ。

そして、静たちが読子を牽制《けんせい》している間に、茜の舟がもう横並びするほどに近づいている。

琳が手をなびかせて、細身の文鎮《ぶんちん》を投げつけてくる。

「えひゃい！」

読子は、和紙で即席の盾《たて》を作った。すぐさまぶすぶすと、刺さった文鎮の頭が裏側まで顔を出してくる。

「やめろ、琳！　おばあちゃんに当たったらどうする！」

静の指摘に、琳が忌々《いまいま》しそうな顔を見せる。できればもっと早く指摘してほしい、と贅沢《ぜいたく》なお願いをする読子である。

「だからー。接近戦にはコイツが一番ねー」

薇がやたらと楽しげに、鉄球つきの棒を構えた。

「が、がんだむはんまー……」

またしてもイメージ重視の名称を口にする読子だった。

「がんだむってなに？　……とりゃっ！」

返事を待たずして、薇は先端の鉄球――棘《とげ》がついているもので、星球ともいう――を舟にぶつけてきた。

多大な破壊力で、舟を構成していた紙がべっこりと凹《へこ》み、河の水が流れ入ってくる。

「やっ、やめてください！　乱暴な！」

「山一つ紙で吹っ飛ばす女に言われたくないよー」

ごもっともな反論で、琳は再度ふりかぶる。読子は側部の紙を引っ張って舵《かじ》を操作し、思い切り舟を逆方向に曲げた。

「あら？　あらーっ!?」

勢い止まらず、琳は振り落とした自分の武器に引かれて、河に上半身を突っ込んだ。

「薇ちゃん！」

急いで琳が引っぱりあげる。その間に、読子は手持ちの紙で飛行機を作り、手裏剣《しゅりけん》代わりに放った。

「！」

思わず目をつぶった琳の前で、かつん、と鈍い音がした。目を開けると、茜が巨大な丸文鎮《まるぶんちん》を盾《たて》にして、読子の紙飛行機を防いでいた。

「まにあった～……。訓練の成果、あったね」

にへら、と嬉《うれ》しそうに茜が笑う。

「……まあ、上出来ね－……」

「茜ちゃんにしては、ですけど」

姉たちの辛《から》い採点に、茜は口を尖らせた。

「急げ！」

その横を、静の舟が過ぎていく。漕《こ》ぎ手の茜が防御《ぼうぎょ》に回れば、スピードが落ちるのは当然のことなのだ。

三人は慌《あわ》てて持ち場に戻り、追撃を再開した。

「長江《ちょうこう》か……四川省？　遠いな……」

ジョーカーからの連絡を受け、ドレイクはヴィクトリアスのブリッジで、中国の地図を広げていた。紙らしきものが噴き出た山が、四川省にあるとの内容だ。ほぼ間違いなくザ・ペーパーの仕業《しわざ》だろうとの見解もついていた。確かに味方でそんなことができるヤツは他にいないし、敵のヤツにはそんなことをする理由がない。

ざっと計ると、東シナ海から見ると四川省までは一七〇〇～一八〇〇キロはある。空から侵入したほうがずっと早い。

「ほっとくわけにもいかんしな……さて、どうするか……」

地図を見ながら、ドレイクが作戦を考えていると。

「ミスター・アンダーソン。距離五〇〇〇で、アンノウン（所属不明艦）の反応がありました」

副艦長が、神妙な面《おも》もちでニュースを運んできた。

東シナ海に潜む潜水艦は多い。だがその大半は、周囲の各国や列強の所属だとお互いにわかっている。そのうえでの諜報《ちょうほう》、牽制《けんせい》行動なのだ。

潜水艦はソナーのみで周囲を見渡す船である。得体のしれない存在は、なにより恐ろしく、なにより注意しなければならない。

艦内に緊張が走った。

「呼びかけにも答えません。沈黙したままです」

通信兵が感情を抑えた声で、報告した。

「………………………………………」

ナンシーは、ほとんど限界に来ていた。

食事も睡眠《すいみん》も摂ることができない。眠ろうとすると、見張りの凱歌が頰《ほお》を叩くのだ。

「ね……寝るな……」

ガラス玉のような瞳で見つめられると、おぞましさに一瞬眠気が飛ぶ。しかしすぐに、重い微睡《まどろ》みが頭の中に渦巻《うずま》いて、瞼《まぶた》が落ちてくる。

透過能力を使えば、凱歌の平手など気にすることもないのだが、眠っている間に能力を使うと、そのまま床をすり抜けて深海まで落ちていく可能性がある。まさに自殺行為だ。

二日までは感覚としてあったが、そこを過ぎるともう実際の時間がわからない。特にここは潜水艦の中である。昼夜などあって無きがごとしだ。

「……なんで、一気に殺さないのよ！」

疲労のせいで、言動も不用意なものになる。しかしこの凱歌という男はどうだろう、ナンシーと同じ時間寝ていないはずなのに、一向に変化を見せない。

「ま、まだ……連絡がない……おまえの仲間、悩んでる……」

読子の顔が頭に浮かんだ。彼女のほうは、どんな目にあっているのかが気になった。

「でもまあ……す、すぐに結論が出る……」

笑ったような気がした。だが朦朧《もうろう》としたナンシーの頭では、断言できなかった。

その時、凱歌の通信機に連絡が入った。

「……王炎か?」

『いいえ。凱歌様。前方五〇〇〇キロに、英国海軍の原潜、ヴィクトリアスを確認いたしました』

英国海軍、という言葉に、ナンシーがかすかに反応した。

「英国……」

凱歌の顔に、怒りのフィルターがかかる。彼は人一倍英国を敵視しているのだが、その理由をナンシーが知るはずもない。

「……き、距離四〇〇〇まで接近して、紙魚雷《かみぎょらい》を発射しろ……。じ、時限装置は九〇秒でセット……」

『了解。発射管一番並びに二番、魚雷装塡《そうてん》します』

ナンシーの瞳に、わずかだが輝きが戻った。

それに気づかなかったのは、凱歌の不覚だった。

「アンノウン、接近してきます。距離四五〇〇」

ヴィクトリアスのブリッジも、緊張が高まっていた。

ドレイクの隣にやって来たグロリアが、肩に手を置いた。

「あんた、今日の運勢はどうだった？」

「いつもと同じだ。………大凶《だいきよう》さ」


『ヴィクトリアスまで、距離四二〇〇』

報告を受けて、凱歌が指示を出す。

「一番二番、発射管に注水開始」

『了解。一番二番、発射管に注水開始します』

凱歌が笑う。

「……り、連蓮の、カタキだ……」

ナンシーが、笑いかえした。

「……そろそろ、帰らせてもらおうかしら？」


「！　アンノウン、魚雷発射管に注水音！　距離四二〇〇！」

ヴィクトリアスの空気が、一気に弾《はじ》けた。副艦長が大声をあげる。

「回避用意！　機関全速、面舵《おもかじ》一杯！」

ドレイクが、うんざりとした顔になる。

「当たるじゃない。あんたの占い」

グロリアの額にも、汗が滲《にじ》んでいた。


『ヴィクトリアスまで距離四一〇〇！』

「き……距離四〇〇〇で魚雷一番二番、発射しろ」

『了解』

通信を終えた凱歌は、ナンシーに向き直る。

「今、なんて言った？」

ナンシーは、ゆらりと身を傾けながら立ち上がった。

「帰らせてもらおうかって、言ったのよ」

「だ……脱出はできない。……海面まで、八〇〇メートルある……たどり着く前に、お、おまえは窒息死《ちっそくし》だ……」

下着姿のナンシーが、妖艶《ようえん》に笑った。

「ここにいるよりマシよ……。あたしはね、きんたまの無い男が大嫌いなの」

そのセリフが終わらないうちに、ナンシーは走り出していた。全速力でまっすぐに、凱歌に向かって。

「！」

ナンシーが、自分の身体《からだ》を透過していく過程が凱歌に伝わった。身体の芯《しん》を揺さぶられるような、奇妙な疼《うず》きがあった。

一瞬後、手にあった通信機が奪われていることに気づく。

振り向いた時には、ナンシーはもうドアの向こうへとすり抜けていた。


ナンシーは、頂《ディン》一号の中を走り抜けていく。隔壁《かくへき》も乗組員も装備も、すべてを透過して一直線に突き進む。すれ違った乗組員は、まるで夢でも見たかのように口を開けた。

頂一号の全長は九八メートル。当然、発射管は最前部にある。これは脱出のための唯一のチャンスだ。死と隣り合わせのチャンスだが、あの部屋で凱歌と顔を突き合わせているより、生存確率はずっと高い。

『距離四〇〇〇！　紙魚雷《かみぎょらい》一番二番、発射します！』

ナンシーは通信機を投げ捨てて、目前に迫った発射管室に飛び込んだ。

「！」

今まさに、発射されようという魚雷の中に〝潜り込む〟。これが、この船からの唯一の脱出方法だ。

『発射を停止！　停止しろ！』

艦内の放送システムを使って、凱歌が指示を飛ばすのが聞こえた。だがそれは、一瞬遅かった。魚雷《ぎょらい》はナンシーを内部に〝搭載《とうさい》〟したまま、頂一号から飛び出していった。

「アンノウン、魚雷発射！　速度五〇ノット、距離三五〇〇！」

ソナー長の報告に、副艦長が指示を与える。

「面舵《おもかじ》一杯、アップトリム最大！　まだ間に合う、かわせ！」

グロリアの手が、ドレイクの肩を強く握った。

「魚雷の種類は⁉」

「不明です！」

ブリッジにやって来た凱歌は、憎さの極まった顔でモニターを見つめている。

「紙魚雷、散布一五秒前！」

乗組員の言葉が、興奮で震えた。

ナンシーの能力は、常人で言えば息を止めるような感覚がある。長時間の使用は不可能なのだ。身体《からだ》の各所が悲鳴をあげて、意志と関係なく遮断《しゃだん》される。

九〇秒、という時間はギリギリの線だ。凱歌の通信でそれを知った時、彼女はこの賭《か》けを決意した。魚雷によって脱出、という非常識な手段を。

魚雷の直径は五三三ミリ。人がようやく入れるきわどい広さだ。

だがなによりも、五〇ノットという速度が過酷《かこく》に彼女を責め立てた。

（……………一〇……九……八……七……）

飛びそうになる意識で、ようやく時間をカウントする。ここで秒数を間違えては、文字通り海の藻屑《もくず》になる。

（……六……五……四……！）

ナンシーは、三秒を残して魚雷から離れた。水圧が全身を包み、視界は暗黒となる。ヴィクトリアスどころか、上下左右がわからない。

ぐぉぼ、と大きく息を吐いてしまった。

（……………………よみ……こ……）

こんな時、あいつがいたら。どんな顔をするだろう。

そう思った時、ひときわ強い水の流れと、紙が彼女に殺到してきた。

「回避成功！　魚雷、右舷《うげん》距離一〇〇！　総員衝撃体勢！」

ヴィクトリアスの乗組員が、艦内の柱や柵《さく》にしがみついた時。一瞬遅れて、大きな衝撃が艦体を包んだ。

「！」

倒れそうになるドレイクを、グロリアが支えた。続いてキンキンと甲高《かんだか》い音が、右舷《うげん》から伝わってくる。

「！　艦底部にて一部浸水！　隔壁閉鎖《かくへきへいさ》！　ブロックDの乗員は、直ちに退避！」

今のドレイクたちは知るよしもないが、凱歌が発射したのは先端に特殊紙を装填《そうてん》した〝紙魚雷《かみぎょらい》〟だった。爆発と同時にばら撒《ま》かれる耐水紙が、敵の艦体を損傷するのである。まだ試作品なので効果はわからないが、紙はチタニウムをも切り、同時にソナーを撹乱《かくらん》もする特別製であった。

「被害を調査せよ！　同時に一番から四番、魚雷装填《そうてん》！」

「敵艦位置、不明！　魚雷から撹乱《かくらん》物質が放出された模様です！」

ヴィクトリアスの艦内は、混乱の渦《うず》に飲まれていた。


だがしかし、艦内で一番混乱したのはドレイクの傭兵《ようへい》部隊だった。

「……どうやら、かわしたか？」

彼らは艦底部の船室で、おとなしく待機しながら戦況《せんきょう》を窺《うかが》っていた。不必要な時に動くことはない。彼らの仕事は、上陸してからが本番なのである。作戦立案のドレイクはともかく、退屈しのぎにうろつきまわるグロリアはかなり特殊な例なのだ。

魚雷の爆発による衝撃が船を走った時も、彼らは壁にはりついてしのいだ。自分の武器を一つも無くさないよう、万全の注意もはらっていた。

ウォーレン、フィ、ドナルドが倒れたテーブルをなおそうとした時。

「！」

床から、女が飛び出してきた。比喩《ひゆ》ではなく、本当に飛び出してきたのだ。まるで下から放り上げられたような勢いで、その女は宙に舞い、そして床に崩《くず》れ落ちた。

「…………………なんだぁ？」

百戦錬磨《れんま》の一同が、等しく目を丸くしている。

女は下着姿で、全身ずぶ濡れであった。疲労の色も濃く、ばったりと倒れたままだ。幽霊《ゆうれい》、という言葉が頭に浮かんだが、全員が直ちにそれをうち消した。

息も絶え絶えで、女が話し始めたからだ。

「……ここ、英国の船？」

「ああ。そうだ……」

一番年輩《ねんぱい》のウォーレンが答える。

「……お医者さん、呼んでくれる？　全身ガタガタなの……」

「それはいいけど……あなた、誰ですか？」

フィが身元を訊ねる。女は朦朧《もうろう》と自分の意識を探った。

「ナンシー……身元はちょっと、後にして……もう、疲れて死にそう……」

ほどなくして、ナンシーという女は気を失った。彼女が魚雷《ぎょらい》の衝撃を利用して、艦内に飛び込んできたとは、誰にも想像できないだろう。決死の脱出行は、どうにか成功に終わったが、祝福の鐘《かね》はどこからも鳴らなかった。

代わりに、ドナルドが彼女の身体《からだ》にそっと毛布をかける。

それこそが、ナンシーの一番求めていたものだった。


「いいかげん、止まれぇっ！」

帆《ファン》が声を張り上げる。女だてらに大きすぎる声が、反り立った岩壁に反響した。

「いやですぅぅっ……」

読子の返答は、帆の山彦《やまびこ》に隠れてかき消された。

なんだか私、中国に来てからやたらと逃げ回っているような……。

頭の片隅をそんな思いがかすめるが、悩んでいる余裕《よゆう》など、今の読子には与えられないのだった。

長江の追撃戦はまだ続いている。河の流れは次第に早くなり、もう両者とも櫓《ろ》で漕《こ》ぐ必要が無くなっている。

帆、薇《ウエイ》、静《ジン》の打撃系チームは入れ替わり立ち替わり、読子の船に飛び移って攻撃をしかけてきた。だが、彼女たちの動きは強固な足場を必要とするため、紙の舟という条件のもとでは隙《すき》も多くなる。

圧倒的不利にありながら、読子がどうにか逃げおおせている理由もここにある。対して五姉妹のほうは、長引く戦いにかなり苛立《いらだ》っている。

それにしても、中国の自然は奥深い。岩肌の中にも、所々ぽつりと松などが枝を伸ばしていたりする。完成された一枚の絵のような光景だ。

「こういうのは、どうですっ！」

琳《リン》が、その松めがけて文鎮《ぶんちん》を投げた。へし折られた枝が、読子の上に落ちてくる。

「！」

読子は巨大ハリセンで、それを弾き落とした。

「まあ。胸が大きいくせに結構やりますね」

「しっ、自然の木々は大切にしましょうっ！」

読子の息も、上がってきている。一人で五人の相手をしているのだから、無理もないが。二艘《そう》の舟から読子の舟へと、交互に飛び移りながら攻撃をしかけてきた静たちも、そろそろ体力の限界を感じていた。

読子は防戦一方だから、動く必要がない。比べて五姉妹は、絶えず飛んで跳ねて怒鳴《どな》っていなければならないのだ。最後の行為に必然性はあまり無いが、勢いというやつである。

一度に二人で攻撃しようと、静と帆が読子の舟に飛び乗ってみたが、重量オーバーで沈みそうになったので、慌《あわ》てて戻った。チャイナが河に沈んでは、取り返しがつかない。

読子も、残りの紙が少なくなってきたために、積極的な攻撃ができない。戦況《せんきょう》は膠着《こうちゃく》状態に陥《おちい》りつつあった。

「……………………ん っ?」

その事態を打破したのは、彼方《かなた》から聞こえてくる音だった。

茜《シー》を除く姉妹と読子が、同時に顔を上げ、空気を探るように耳をすませる。

「…………………」

それは遠雷のような、重低音だった。だかよく聞くと、その端々《はしばし》に水の弾《はじ》ける音が重なっている。

後方ばかり見ていた読子は、立ち上がって舟の舳先《へさき》から前を見た。

進むべき河の道が、途中で分断されていた。

「……………滝っ!?」

その一言が、空気を一変させる。

「早く岸へっ!」

切羽《せっぱ》詰まった表情で、帆が船の方向を変える。

「おいっ!　おばあちゃんを渡せっ!」

静が、読子の舟に向けて棒《ぼう》を突きだした。これに捕まれば、岸まで誘導してもらえる。だがそれは、読仙社に逆戻りすることを意味する。読子の中に一瞬、躊躇《ちゅうちょ》が生まれた。

その一瞬が、結果として命取りになった。

河の流れが、突然早くなったのだ。それは読子の船が、滝の射程距離に入ったことを意味していた。

「なにしてるんですかっ、もうっ！」

「読子さんの、バカぁ〜〜〜〜〜……」

「おばあちゃんだけでも、返せー！」

琳が飛ばした鎖つき文鎮が、岸壁に刺さっている。それをたぐり寄せて彼女たちの船も岸へと逃れていく。結局、滝に向かうのは読子の船だけだった。

「離せっ！　ここで戻ったら、王炎さんにあわせる顔が無い！」

今にも河に飛び込みそうな勢いの静を、帆が必死で引き留める。

「ここで飛び込んだら、顔どころか身体《からだ》まるごと無くなっちゃうだろ！」

そんな姿も、読子の視界でどんどん小さくなっていった。

「あぁ〜〜〜〜〜……」

恐怖をおさえて、もう一度振り返る。もう滝は目の前まで迫っていた。水のあるべき場所に、高く、広い空間が見える。

「あ〰〰、あ〰〰、あ〜べしぃ〰〰〰！」

奇妙な悲鳴を水の落下音にまぎれさせ、読子は舟ごと滝から落下していった。

「！」

迸《ほとばし》る水で、紙の舟がたわんでいく。読子は懸命《けんめい》に、チャイナの身体《からだ》を抱きしめた。

（…………ドニー！　…………先生！）

二人の顔が、頭に浮かぶ。心の一番奥底にいたのが、彼らだった。

「…………………ぁぁぁ……」

読子の腕の中で、チャイナが大きくあくびをした。

「……………あら？」

短い疑問符を浮かべて、チャイナと読子は滝の中へと飲まれていく。


英国。ヒースロー空港。

航空規制も解かれ、ターミナルはもとの活気を取り戻している。

英国に来る者、去る者。それぞれがそれぞれの理由を抱えて、世界の各地に飛んでいく。

そしてまた、今ここに、一つの理由を持った、二人の少女がやって来た。

「……あんた、中国語ってイケる？」

「ニーハオとシェシェぐらいしか……後は飛行機の中で勉強ですね」

菫川《すみれがわ》ねねと、ウェンディ・イアハートの二人である。

ただしそれは実の名で、パスポートにはそれぞれ「桜山《さくらやま》るるる」、「アメリア・ダイヤモンド」と記されている。念のための、用心だ。

この偽造《ぎぞう》パスポートは、ジギーが用意してくれた。出来は超一流なのだが、彼はあまり女の子の名前に詳しくなかったらしい。

まあ、年齢《ねんれい》などを考えると仕方ない話であるが。

「インド経由、中国行き……長旅になりそうねぇ」

「あーあ……せっかく苦労して就職した大英図書館なのに……これでパー、かあ……」

ガイドブックでルートを調べるねねねの横で、ウェンディがため息をつく。

「なに？　今からでも戻る？　今ならまだ、無断欠勤と遅刻でまにあうかもよ」

「……そんなこと、できるわけありませんよ。私はもう知っちゃったし、自分で決めちゃったんだから」

そう。二人は話し合い、一つの結論を出した。

大英図書館がなにをしていようと、今は関係ない。自分たちは、とにかくこの手の中にあるドニーの日記を、読子・リードマンに届けるのだ。

彼女がどこにいようと。

どんな目にあっていようと。

この日記を渡しに行こう。

勝手に持ち出したことを怒るかもしれない。「読むのが怖い」と拒絶される可能性だってある。しかしそれでも、渡しに行こう。

それが、自分たちが今選んだ道なのだから。最後まで、歩き通すのだ。

「……で、アテはあるの?」

「読子さんらしき事態が、えーと……四川省ってトコロで発生したみたいです」

「なにそれ。台風かよ」

大英図書館からデータを持ち出してきたウェンディが、携帯の端末で画像を開く。

「これですね。……なんか花みたいですけど、全部紙なんですって」

「何万枚使ってるのよ。……まったくあの女は、どこの国に行っても遠慮《えんりょ》を知らないな」

とにかく、今はこれが唯一の手がかりだ。当たってみるしか道はない。

「でもまあ……一人じゃないからね」

ねねねは、なるべく聞こえないように小声で呟《つぶや》いた。こんな時、連れがいるのは有り難い。

一人だったら、今の何百倍も勇気が必要だったろう。

「は? ……なにか言いましたか?」

「なんでもないぞっ。ホラ、オミヤゲ買ってこい!」

「誰に対するなんのオミヤゲですか、もう……」

不思議ではある。地球の裏側にいた少女と連れだって、地球の裏側までメガネ女に日記を届けに行くなんて。

そのことになんの意味があるのかはわからないが、今はそうせずにいられないのだ。

意味など、後から幾らでも思いつけばいい。

搭乗《とうじょう》ゲートのアナウンスが聞こえてきた。

「よし行くぞ、ウェンディ！　黙って俺についてこい！」

「……それはいいんですが……あんまり危ないトコロには、行かないでくださいね」

二人の少女は、新たな旅へ向かうべく、ゲートをくぐっていった。

「……約束したもんね。あんたたち、ハッピーエンドにしてあげるって……」

ねねねの手には、ドニーの日記が握られている。

その表紙を閉じる革のベルトは、外されていた。


「死にます死にます、もう死にますぅ〜〜〜〜〜……！」

縁起でもない譫言《たわごと》を言い終えて、読子・リードマンはむくっ、と上半身を起こした。

「……………………………あれ？　生きてる」

「そりゃそうでしょ。あたしが助けてあげたんだから」

呆《あき》れたように声をかけてきたのは、チャイナだ。

二人は、森の中にいた。読子はどうやら大樹の幹に、寝かされていたらしい。

「チャイナさん……ここ、どこです?」

「あたしが知りたいわよ、そんなもん。お菓子食べて寝て起きたらいきなり滝の中って、どういうこと? ここまで連れてきたの、読子ちゃんなの?」

状況を理解した読子は、チャイナの前で手をついてひれ伏す。

「すみません、すみませんっ! これには深いワケと事情が!」

チャイナは片方だけ眉《まゆ》をつりあげて、ぺこぺこと頭を下げる読子を見下ろす。

「とりあえず、話してみ? その事情ってヤツ」

「……怒りませんか?」

「いや、たぶん怒るけど」

「ああおう……」

頭を抱えて苦悩する読子を、チャイナは愉快そうに見ていた。


「……なるほどね。だいたいわかったわ」

要領を得ない読子の説明は、小一時間に及んだが、そのおかげで話し終わった頃には、すっかり服も乾いていた。陽まで暮れかけていたのは問題だが。

「……そういうわけでチャイナさん。よかったら一度、英国まで来てもらえませんか? ロンドンよいとこ一度はおいで、ですよ」

「イヤよ」

読子の勧誘を、チャイナはあっさり断った。

「今さら仲直りなんてする気はないわ。あたしはあたしの土地で、あたしの死を死にたいの。会いに行くなんてまっぴらよ」

「はあ……でも、仲直りって大切ですよ。死んじゃったら、後悔《こうかい》さえできませんし」

読子は、自然と子供に言い聞かせるような口調になっている。

「それって、説教？　あなたの何千倍も生きてるあたしに？」

じろっ、と睨《にら》むチャイナに、読子は手を振って言い訳する。

「いえっ、そんなつもりじゃっ！」

チャイナは腰に手を当て、首を傾けた。

「とにかく。帰ったらファウストのヤツ、シバかないとね。だいたいアイツ、ひとのウチであんだけ図々しい態度とれるってどういうコト？」

「いえ、私に聞かれても……」

そう答えるしかない読子だ。

「拷問史《ごうもんし》を片《かた》っ端《ぱし》からひもといて、口を割らせてやるんだから。……そうでないと、王炎ちゃんが可哀想《かわいそう》……」

チャイナがぽろりと漏《も》らした一言が、読子の耳に引っかかる。

「……なんでもないわ。さあ、戻りましょう……って、もう真っ暗ね」

太陽はまさに落ちようとしている。中国の夜は、本当に暗い。二人がいる森の中などとなれば、原始時代と変わらない漆黒《しっこく》の世界なのだ。

「しかたないわ……。今日はここに野宿して、明日帰るとしましょうか」

「あの……やっぱり私も、連れて帰るんですか？」

「当たり前でしょ。王炎ちゃんや静ちゃんたちも待ってるわよ」

「ああおう〜〜〜……ならせめて、ナンシーさんだけでも解放してもらえませんか？」

読子の殊勝《しゅしょう》な主張に、チャイナは小首を傾けた。

「考えときましょ」

滝の音が遠くに聞こえる。

木々の間に見える空は、そこだけ金粉《きんぷん》を塗《まぶ》したように鮮やかだ。

「…………………………」

そんな光景を見ていると、チャイナはまた、昔のことを思い出した。

「ねぇ、読子ちゃん」

「はい？」

「ちょっと寄り道して帰らない？」

空を見上げたまま喋《しゃべ》る。じわじわと、過去にこびりついた泥を落としながら。

「寄り道ですか？　……でも、どこへ？」

チャイナはびっ、と空を指さした。どうも彼女は、これがクセらしい。

「……約束の土地へ」


同じ空の下で、ファウストは一人、石像の前に立っていた。

岩肌を削《けず》って作った巨像である。本を読む者、文字を書く者、様々な姿勢の像が何百メートルも並んでいる。

その表情はみな、悟りを開いた僧のように穏やかだ。

知るということの到達点が、この顔なのかもしれない。

「………………ここにいらっしゃいましたか」

背後から声がかけられた。振り向かなくてもわかる。王炎だ。

「ずいぶんと、探しましたよ」

背を向けたまま、答える。顔はあくまで石像を見つめたままだ。

「君が僕を探してた？　珍しいこともあるもんだ。で、なにか用かい？」

「聞きたいことがありまして……」

王炎は、懐《ふところ》から黒表紙の本を取り出した。自然で、静かな動作である。たとえどんな感情が、彼の内面に渦巻《うずま》いていたとしても。

「……読子さんが脱走する、手ほどきをしましたね?」

「した」

短く、簡潔にファウストは答える。

「……おばあちゃんの秘密も、教えましたね?」

「教えた」

王炎が、ポケットから紙片を取り出す。

「スタッフが、川下から回収しました……。グーテンベルク・ペーパーの紙片です。……あなたの、仕業《しわざ》ですね?」

「そうだ」

王炎の顔から、温度が消えた。

「……困りました」

「なんだ?」

「……あなたを、生かしておく理由が見つかりません……」

ファウストが振り向き、歪《ゆが》んだ笑いを投げてくる。

「……他人のことなんて、かまってられるのか? 自分が生きる理由も、ないくせに」

二人の間の空気が、硬質化していく。

「グーテンベルク・ペーパーの秘密を知りたいか？　君の愛する女のために？」

棒《ぼう》を飲まされたように、王炎の背が伸びる。

「だが、それはどっちの女のことだ？　……あのババアをこれ以上、不老不死《ふろうふし》にするのか？　それとも……妹を、生き返らせるのか？」

「言うな！」

王炎の視線が尖《とが》る。香港《ホンコン》の下水道で暮らしていた頃のように。たった一人の妹、海媚《ほいめい》が殺された時のように。

「それでいい。……人間、正直が一番だ。さあ、素直に殺し合おう」

ファウストが、静かに手を開いていく。

王炎は、黒い表紙をゆっくりと持ち上げる。

辛《つら》い過去を思い出したか、その頬《ほお》を涙が伝った。

「……この世は地獄だ……。ハッピーエンドなんて、ありえない……」

その呟《つぶや》きに、ファウストが寂しげな笑みを作る。

「同感だ……」

二人の男を、石像たちが静かに見下ろしていた。

中国は北京《ペキン》、万里《ばんり》の長城《ちようじよう》。

全長実に六三五〇キロメートル。秦《しん》の始皇帝《しこうてい》が形作り、後の皇帝たちが増改築を繰り返したという世界最大の建造物だ。

そこに、男が立っている。

背が高い。屈強というよりしなやかな肉付きは、自然と鍛《きた》えられた鞭《むち》のようだ。

男は一人である。連れはいない。他に観光客もいない。

いなくて当たり前だ。ここは観光コースから外れている場所なのだから。

ではなぜ、彼は立っているのか。

「…………………………」

男は高い鼻をひくつかせ、空気を吸った。

濃い砂の香りの中に、何千年も前に流された血が香った。

「……………………懐《なつ》かしい……」

一人、つぶやく。厚い胸板の下で、心臓が興奮している。

彼方《かなた》を見つめる。地平線の向こうに、進む軍勢が見えるかのようだ。

猛々《たけだけ》しい大気も、流れる雲も、あふれかえる死も。なにもかも、懐かしい。

そうだ。

最初から、こうすればよかったのだ。

この肉体されあれば、誰にも先手を取られなかったのだ。

男の名は、ジェントルメン。

ただし、外観は壮年に若返っている。

彼は一つの賭《か》けに出た。残りのエネルギーを凝縮《ぎょうしゅく》させ、肉体能力を飛躍《ひやく》的に向上させたのである。

むろん、この活動には限界がある。おそらくは七日で、命が尽《つ》きるだろう。

しかし今、改めてこの肉体で、この地に立つと。

不可能なことなど、ないように思える。あの頃のように。

肉体はたぎり、魂《たましい》は躍り、頭の中は弾《はず》んでいる。

これだ。

これが、生きるということだったはずだ。

この悦《よろこ》びをもっともっと味わうために。あの紙を取り戻さなければ。

あの男を、捕まえねば。

ジェントルメンは、ひらりと万里の長城から地面に降り立ち、荒野へと歩き始めた。

彼は既に、彼にあらず。

最盛期の肉体を取り戻した、若き《ヤング》ジェントルメン。

その名も、ヤングメン。

エピローグ

僕は、疲れていた。

なぜなら、今日はザ・ペーパーとしての初任務があったからだ。

港で行われる、闇取引《やみとりひき》を押さえるのが僕の仕事だった。

取引されていたのは、稀覯本《きこうぼん》だった。とある伯爵《はくしゃく》が死んで、行方《ゆくえ》がわからなくなっていた本だ。使用人が闇に、流したらしい。

相手は銃を持っていた。

銃を向けられたのは、初めてのことだった。

当たらなかったが、胸の動悸《どうき》はずっと治まらなかった。

だから僕は、大学の図書館に出かけた。

大英《だいえい》図書館に行くと、仕事の延長のような気がして落ち着かない。知人も多くて気を遣うこともある。

近所の大学は、僕にとって憩《いこ》いの場だった。学生でもないのに使用することは少々気がとがめたので、時々寄付《きふ》をして自分をごまかした。

その日は、『そばかす先生の不思議な学校』を持っていった。

なぜその本にしたのかわからない。

なぜ、図書館で借りようとしなかったのかもわからない。今、ゆっくりと思い出せば、おそらく本の神様の気まぐれだと思う。

僕はこの本が好きだった。

子供向けなのに、何度読んでも飽《あ》きない。想像力の豊かさに、深く感動させられる。

ページをめくっていると、動悸は穏やかになっていた。優れた本は、様々な面で人を助けてくれる。

正直、任務を終えた時。僕は自信を失いかけていた。本に関わる人間の、悪い面を見せられたからだ。これからああいう世界でやっていけるのか？　そんな気がした。

だが、本を読んでいると気分が晴れた。忘れていた気持ちが、甦《よみがえ》ってきた。

本と、人の役に立ちたい。

そう思ったから、この世界に飛び込んできたのだ。

僕の上司はジョーカーという。歳《とし》も近くて、仲もいい。きっと彼も、同じ気持ちでがんばってきたのだろう。

大丈夫。このチームなら、きっとやれる。

気分がよくなって、続きを読もうとした時。

「ずいぶん、つまらない本を読んでますね」

女の子が、話しかけてきた。見覚えのない子だった。

おかっぱの髪に東洋系の肌。ずいぶん若く見えた。せいぜい一五、六ぐらいだと思う。

彼女はつんと上向き気味に、座っている僕を見下ろしてきた。

その姿がまるで、児童小説に出てくるすまし屋のお金持ちみたいだったので、僕は少し笑ってしまった。

「なにがおかしいんですか？」

その子は、自分が笑われたと思ったらしい。顔を赤くしたので、僕は慌《あわ》てて訂正《ていせい》した。

いや、君のことを笑ったんじゃないよって。……こうして書いてみると、やはり彼女のことを笑っていたことになる。今気がついた。

僕は言った。つまらない本なんて、この世にないって。

本は、誰かが望んだから作られる。だから、この世にある本はみんな、作られた意味がある。それは命と同じだと思う。

そんなことを話したら、彼女は理解しにくい、と言いたげに眉《まゆ》をしかめた。

僕は聞いた。じゃあ君は、どんな本を読んでるんだい？

彼女はすまして答えた。

「今は、キルケゴールです」

それがあまりに背伸びしているように見えたので、僕はまた笑ってしまった。

女の子は気を悪くしたようだった。

「そんな子供向けの話に、どんな意味があるんですか？」

ちょっと怒ったような口調だった。

しかし、本から受ける感動を他人に伝えるのは難しい。

これが、両方とも同じ本を読んでいれば、あそこはああだ、ここはこうだと頷《うなず》きあえるんだけど。それは本読みの幸福だと思うんだけど。

僕は考えたが、結論は一つしか無かった。

君、日系？　日本語は読める？

彼女はいぶかしそうな顔をしたが、どうにか頷いた。

僕は本を彼女に貸すことにした。それが一番正しいやり方に思えたからだ。

しかし彼女は、なんだかバカにされてるとでも思ったのか、不満そうな顔で僕を睨《にら》んだ。

ひょっとしたら、嫌われたのかもしれない。

まあいい。僕が嫌われても、もしかするとあの本は好きになってもらえるかもしれない。

女の子は「来週。この時間、この場所で絶対に」と何度も念を押して、本を持っていった。

去り際に、名前を教えてくれた。

ヨミコ・リードマン。

変な名前の、変わった女の子だった。

だけど僕は、一度、彼女が笑った顔を見てみたい気がした。

（つづく）

あとがき

8巻です！　末広《すえひろ》がりでオメデタイ！　でも数字で書いたらナンのアリガタみもないですな。ワザとですが。

さて。一年ぶりに戻ってきました本編に！　今回はもう、笑いありアクションあり涙ナシ感動ナシ無理アリ知能指数ナシのもりあわせバージョンでお送りしております。

今回の見ドコロはやっぱり五鎮《ごっちん》姉妹！　でしょうなやっぱり。彼女たち、進行の長井さんが挿画のうちあわせ中に「なんか地味だねぇ」とおっしゃったので、「じゃあ美少女五人とか出しますか、バーッと！」と呆《あき》れるほどの思いつきで誕生したキャラでして。本、筆、墨《すみ》、ときた文系奇人ロードに文鎮《ぶんちん》持って華《はな》やかに参戦、と相成ったのでした。でも今カラーの口絵見たら、茜《シー》以外の連中も全然貧乳《ひんにゅう》でなくて「あれれ」と思ったのですが「羽音くんの中ではこれが貧乳なんだよ」と説明されて大納得したのでした。サスガだ！

もう一人、ドレイクのチームメンバーとしてグロリアっつーオバさんが出てきますが、このキャラ、本来はＯＶＡ版の三巻でドレイク、読子と一緒に偉人要塞《ようさい》に乗り込む予定だった人。尺《しゃく》の都合で出番も存在すらもカットされてしまいましたが、書いてる本人も忘れた頃の大復活です。メデタシメデタシ。

おばあちゃんことチャイナも動き始めて、影響されてジェントルメンがあんなコトになったりして、ファウストは相変わらず無責任一代男で、なんか今回はお話動いてるような気が。次巻はどうやって始めればいいのかわからん気が。まあ、いつものコトのような気もしますので。次回もズビシと迷走予定。

そいえばソロソロＴＶシリーズ版の情報もチラホラと。私先日第一話のアフレコに行って来ましたが。ＯＶＡに負けず劣らずのハイクオリテェに驚き、隣にいた演出・作画監督・キャラデザインのイシハマン（よいこと性衝動の味方）に「スゴいね、これ」と話しかけたら「いやぁ、八ヶ月かかってるから」と百万ドルの微笑でオコタエして。いや毎週ヤるんだよ！　だいじょうぶかオイ！　皆様も、ハラハラしながらご期待ください。

でまあ。毎回毎回書いてるのですが。今月はちょっと伝説ギミなほどスケジュール方面で遅れまくり、イラストの羽音さん、進行の長井さん、編集の丸宝さんにこの夏初のイヤなメモリーをプレゼントしてしまいました。お詫《わ》びします。わりぃ。ウワ反省の色ナシ⁉ 改めて陳謝！ 猛謝！ 爆謝！ ていうかマジごめんなさいでした。

原稿送ってふと見渡すと、部屋の中は本が積み上げられてまさにジャングル。ウチの部屋、2LDKなのにマッスグ歩けません！ 布団《ふとん》一枚敷くスペースがありません！ 壁が全部本棚《ほんだな》で覆《おお》われてポスター一枚貼れません！ でもこないだ友達来た時「さすが『R.O.D』の作者部屋」と言われたのでまあヨロシイかと。納得して今日もソファーで寝るのだ！ 寝汗かきまくりですが。

そんなこんなで、入稿一時間後のナマナマしげな感情を思うがままに紙面に叩きつけてみました。アトガキとして認識していただければ幸いです。

ではまた。アナタが行きつけの本屋さんにてお会いしましょう。って私が行きつけの本屋は半分が青少年の立ち入りを禁止してたりしますが。

あれから半年。まだモー娘。にハマってる自分に我ながらビックリな　倉田英之この作品の感想をお寄せください。

あて先　〒101-8050
東京都千代田区一ッ橋２―５―10
集英社　スーパーダッシュ編集部気付

倉田英之先生

羽音たらく先生

R.O.D. 第八巻
READ OR DIE　YOMIKO READMAN "THE PAPER"

倉田英之
スタジオオルフェ

集英社スーパーダッシュ文庫

2003年 7 月30日　第 1 刷発行
2016年 8 月28日　第 6 刷発行

★定価はカバーに表示してあります

発行者　鈴木晴彦
発行所　株式会社　集英社
〒101-8050　東京都千代田区一ツ橋 2-5-10
03(3239)5263(編集)
03(3230)6393(販売)・03(3230)6080(読者係)
印刷所　株式会社美松堂／中央精版印刷株式会社

ISBN978-4-08-630136-9 C0193

第一巻

大英図書館の特殊工作員・読子は本を愛する愛書狂。作家ねねねの危機を救う！

第二巻

影の支配者ジェントルメンはなぜか読子に否定的。世界最大の書店で事件が勃発！

第三巻

読子、ねねね、大英図書館の新人司書ウェンディ。一冊の本をめぐるオムニバス。

第四巻

ジェントルメンから読子へ指令が。“グーテンベルク・ペーパー”争奪戦開幕！

第五巻

中国・読仙社に英国女王が誘拐された。交換条件はグーテンベルク・ペーパー!?

第六巻

グーテンベルク・ペーパーが読仙社の手に。劣勢の読子らは中国へと乗り込む！

第七巻

ファン必読。読子のプライベートな姿を記した『紙福の日々』ほか外伝短編集！

第八巻

読仙社に囚われた読子の前に頭首「おばあちゃん」と親衛隊・五鎮姉妹が登場！

第九巻

読仙社に向け、ジェントルメンの反撃開始。一方読子は両者の和解を目指すが…。

第十巻

今回読子に届いた任務は超文系女子高への潜入。読子が女子高生に!?興奮の外伝！

第十一巻

“約束の地”でついにジェントルメンとチャイナが再会。そこに現れたのは……!?

第十二巻

ジェントルメンとチャイナの死闘が続く約束の地に、読子が到着。東西紙対決は最高潮に！

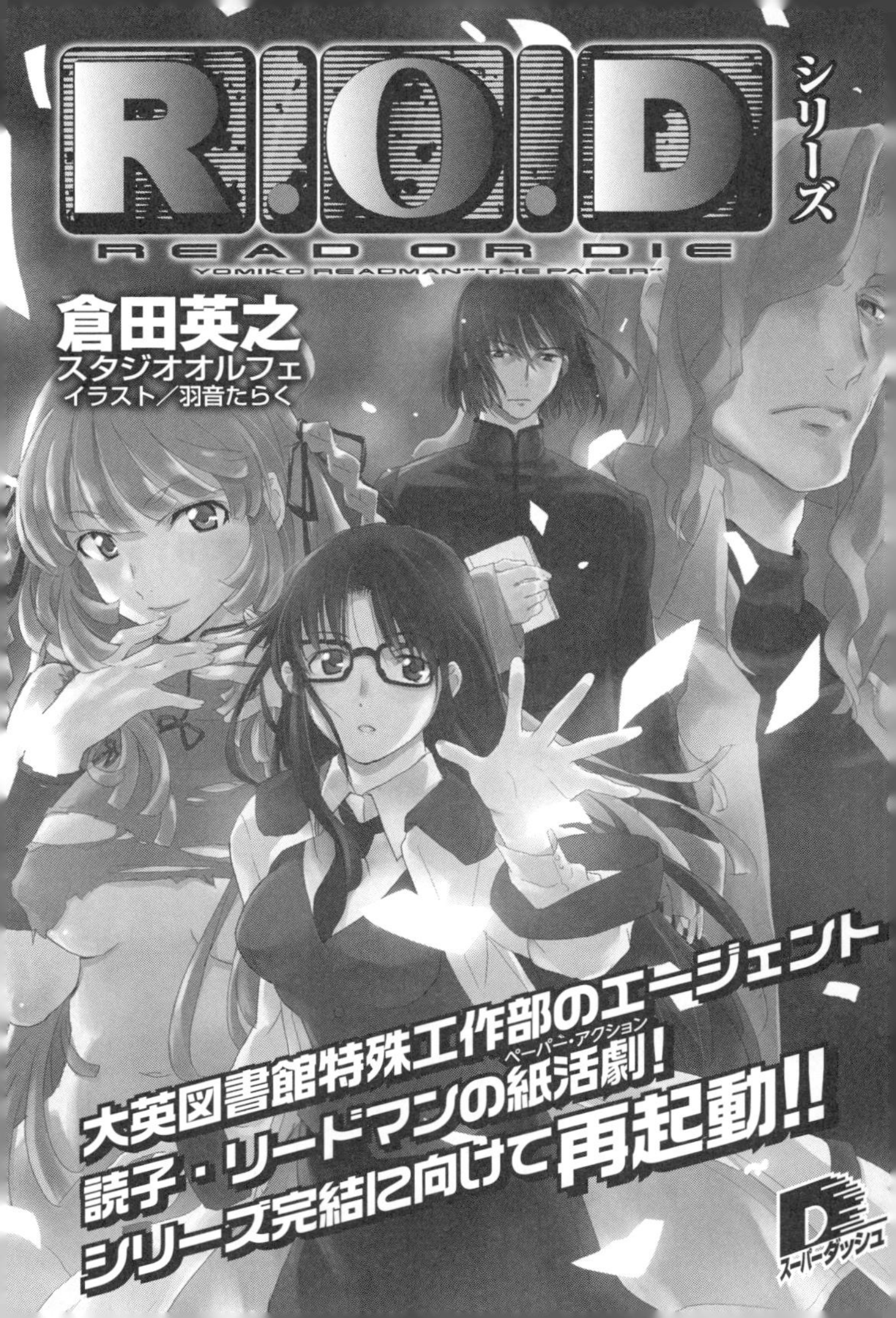
R.O.D シリーズ
READ OR DIE
YOMIKO READMAN "THE PAPER"
倉田英之
スタジオオルフェ
イラスト／羽音たらく
大英図書館特殊工作部のエージェント
読子・リードマンの紙活劇《ペーパー・アクション》！
シリーズ完結に向けて再起動!!
D スーパーダッシュ

ダッシュエックス文庫

紅　新装版
片山憲太郎
イラスト／山本ヤマト

紅　～ギロチン～　新装版
片山憲太郎
イラスト／山本ヤマト

紅　～醜悪祭～　新装版
片山憲太郎
イラスト／山本ヤマト

紅　～歪空《ゆがみそら》の姫～
片山憲太郎
イラスト／山本ヤマト

揉め事処理屋を営む高校生・紅真《くれないしん》九郎《くろう》のもとに、財閥令嬢・九鳳院紫《くほういんむらさき》の護衛依頼が舞い込んだ。任務のため、共同生活を開始するが…!?

悪宇商会《あくうしょうかい》から勧誘を受けた紅真九郎。一度は応じたものの、少女の暗殺計画への参加を求められ破談にした真九郎に《斬島《きりしま》》の刃が迫る!!

揉め事処理屋の先輩・柔沢紅香《じゅうざわべにか》の死の報せが届いた。真相を探る紅真九郎の前に、紅香を殺したという少女・星噛絶奈《ほしがみぜな》が現れるが…!?

崩月《ほうづき》家で正月を過ごす紅真九郎に、お見合い話が急浮上!?　裏十三家筆頭《歪空《ゆがみそら》》の一人娘との出会いは、紫にまで影響を及ぼして…!?

ダッシュエックス文庫

クロニクル・レギオン5
騒乱の皇都
丈月 城
イラスト／BUNBUN
皇女・照姫と災厄の英雄・平将門が束ねる、〝零式〟というレギオン。苦戦を強いられる新東海道軍だが、征継が新たなる力を解放し!?
文句の付けようがないラブコメ
鈴木大輔
イラスト／肋兵器
〝千年生きる神〟神鳴沢《かなるさわ》セカイは幼い見た目の尊大な美少女。出会い頭に桐島《きりしま》ユウキが言い放った求婚宣言から2人の愛の喜劇《ラブコメ》が始まる。
文句の付けようがないラブコメ2
鈴木大輔
イラスト／肋兵器
神鳴沢セカイは死んだ。改変された世界で、ユウキはふたたび世界《セカイ》と歪《いびつ》な愛の喜劇《ラブコメ》を繰り返す。諦めない限り、何度でも、何度でも――。
文句の付けようがないラブコメ3
鈴木大輔
イラスト／肋兵器
今度こそ続くと思われた愛の喜劇《ラブコメ》にも、決断の刻がやってきた。愛の逃避行を選択した優樹と世界の運命は…？　学園編、後篇開幕。

ダッシュエックス文庫

神《じん》鎧《がい》猟《りょう》機《き》ブリガンド

榊　一郎
イラスト／柴乃櫂人

『悪魔憑き症候群《デモノマニア》』の患者である若槻紫織《わかつきしおり》は鋼鉄の巨人騎士『ブリガンド』にその命を救われる。ダークヒーローアクション、開幕！

神《じん》鎧《がい》猟《りょう》機《き》ブリガンド２

榊　一郎
イラスト／柴乃櫂人

ブリガンドVS〈悪魔憑き《デモノマニア》〉、全面戦争開始！　紫織の連志郎《れんしろう》への想いが加速する中、出かけた海沿いのテーマパークに〈魔神態《ルシフェリオン》〉が現れ…？

神《じん》鎧《がい》猟《りょう》機《き》ブリガンド３

榊　一郎
イラスト／柴乃櫂人

〈フォスファー〉による〈ブリガンド〉対策として、〈魔神態《ルシフェリオン》〉が五体同時に出現した。制圧に向かった連志郎と大悟を待つものは⁉

神《じん》鎧《がい》猟《りょう》機《き》ブリガンド４

榊　一郎
イラスト／柴乃櫂人

市街地に現れた魔神態。紫織に一緒に行くことを志願された連志郎は彼女と共に〈ブリガンド〉で出撃する！　激動のクライマックス‼